KB042881

Contents

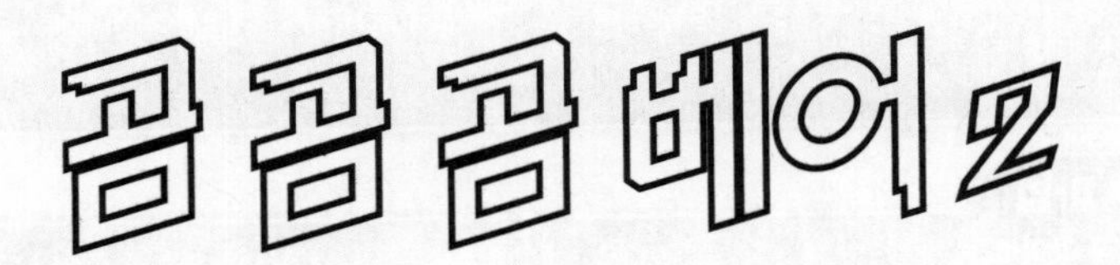

저자 **쿠마나노**

일러스트 **029**

옮긴이 **김보라**

스킬

▶이세계 언어
이세계의 언어가 일본어로 들린다.
이야기를 하면 이세계의 언어로 상대방에게 전달된다.

▶이세계 문자
이세계의 문자를 읽을 수 있다.
글자를 쓰면 이세계 문자가 된다.

▶곰의 이차원 박스
흰 곰의 입은 무한으로 벌어지는 공간이다.
어떤 물건이라도 넣을(먹을) 수 있다.
단, 살아 있는 것을 넣는(먹는) 건 안 됨.
들어가 있는 동안에는 시간이 멈춘다.
이차원 박스에 넣은 물건은 언제든 꺼낼 수 있다.

▶곰 관찰경
흑백 곰 옷의 후드에 있는 곰의 눈을 통해 무기와 도구의 효과를 볼 수 있다.
후드를 쓰지 않으면 효과는 발동되지 않는다.

▶곰 탐지
곰의 야생의 힘으로 마물이나 사람을 탐지할 수 있다.

▶곰 지도
곰의 눈이 본 장소를 지도로 만들 수 있다.

▶곰 소환수
곰 장갑에서 곰이 소환된다.
검은 곰 장갑에서는 검은 곰이 소환된다.
흰 곰 장갑에서는 흰 곰이 소환된다.

▶곰 이동 문
문을 설치하여 서로의 문을 왔다 갔다 할 수 있게 된다.
문을 3개 이상 설치한 경우에는 행선지를 상상하여 이동할 곳을 정할 수 있다.
이 문은 곰 장갑을 사용하지 않으면 열리지 않는다.

마법

▶곰 라이트
곰 장갑에 모은 마력으로 곰 형태의 빛을 생성한다.

▶곰 신체 강화
곰 장비에 마력을 통하게 함으로써 신체를 강화할 수 있다.

▶곰 불 속성 마법
곰 장갑에 모은 마력으로 불 속성의 마법을 사용할 수 있다.
위력은 마력, 상상에 비례한다.
곰을 상상하면 위력이 더욱 올라간다.

▶곰 물 속성 마법
곰 장갑에 모은 마력으로 물 속성의 마법을 사용할 수 있다.
위력은 마력, 상상에 비례한다.
곰을 상상하면 위력이 더욱 올라간다.

▶곰 바람 속성 마법
곰 장갑에 모은 마력으로 바람 속성의 마법을 사용할 수 있다.
위력은 마력, 상상에 비례한다.
곰을 상상하면 위력이 더욱 올라간다.

▶곰 땅 속성 마법
곰 장갑에 모은 마력으로 땅 속성의 마법을 사용할 수 있다.
위력은 마력, 상상에 비례한다.
곰을 상상하면 위력이 더욱 올라간다.

장비

▶검은 곰 장갑(양도불가)
공격 장갑. 사용자의 레벨에 따라 위력 UP.

▶흰 곰 장갑(양도불가)
방어 장갑. 사용자의 레벨에 따라 방어력 UP.

▶검은 곰 신발(양도불가)
▶흰 곰 신발(양도불가)
사용자의 레벨에 따라 속도 UP.
사용자의 레벨에 따라 장시간 걸어도 피로도가 오르지 않는다.

▶흑백 곰 옷(양도불가)
겉모습은 인형 옷. 양면으로 입을 수 있음.

겉면: 검은 곰 옷
사용자의 레벨에 따라 물리, 마법 내성 UP.
내열, 내한 기능 있음.

안면: 흰 곰 옷
입으면 체력, 마력이 자동 회복된다.
회복량, 회복 속도는 사용자의 레벨에 따라 변한다.
내열, 내한 기능 있음.

▶곰 속옷(양도불가)
오랫동안 입어도 더러워지지 않는다.
땀, 냄새도 배지 않는 훌륭한 아이템.
장비자의 성장에 따라 크기도 변한다.

27 소문의 곰 씨

곰 하우스를 세우고 며칠 후, 이곳은 명소가 되어버렸다.

아무도 모르는 사이 공터에 건물이 생기고, 집의 외관이 곰인데다 집주인까지 곰 옷차림을 하고 있으니…… 놀랄 수밖에 없을 것이다.

곰 하우스 주변에는 빙 둘러 바라보고 있는 사람들로 가득했다. 덕분에 나는 요 며칠 동안 밖에 나가지 못하고 있었다.

집을 세운 첫날에는 식사를 하러 밖으로 나갔지만, 지금은 집에서 밥을 만들어 먹고 있다.

"유나 언니, 오늘 몫의 해체 작업을 끝냈어요."

피나는 해체 일을 부탁하면 매일 찾아오기 때문에 삼 일 동안 일을 하면 하루는 쉬도록 규칙을 정했다. 그리고 해체는 하루에 다섯 마리까지로 정했다. 그렇게 하지 않으면 피나는 묵묵히 계속 일을 하기 때문이었다.

하루에 다섯 마리 해체 작업은 반나절이면 일이 끝난다.

"고마워, 조심해서 들어가."

"네, 유나 언니는 일하러 안 가요?"

"조만간, 갈 거야……."

최근에는 곰 하우스가 주목을 받고 있어서 집에서만 생활하게 되었다.

이전 세계였으면 문제가 되지 않았겠지만— 아무리 그래도 계속 이대로 있을 수는 없을 것이다. 내일은 아침 일찍 길드로 가봐야겠다. 피나가 해체할 마물도 쓰러뜨려야 하니 말이다.

다음 날 아침, 오랜만에 길드에 가기로 했다.

"아아, 유나 님! 드디어 와주셨군요."

길드의 문을 열자 헬렌이 소리쳤다.

저기요, 길드에서, 민폐잖아요.

"헬렌 씨, 좋은 아침."

인사를 하고 헬렌이 있는 곳으로 향했다.

"요새 무슨 일 있으셨어요? 유나 님을 기다리고 있었어요."

"기다렸다고요?"

"네, 유나 님에게 지명 의뢰가 들어왔거든요."

"지명 의뢰?"

"네, 클리프 포슈로제 님으로부터 의뢰가 와 있습니다."

"……누구요?"

그런 이름은 알지도 못할뿐더러 들어본 적도 없었다.

"모르시나요? 백작이신 포슈로제 님은 이 마을의 영주님이시랍니다."

"영주님?"

영주님, 백작이라는 건 귀족이라는 거잖아.

그런 사람이 나에게 의뢰를?

귀족이라 함은 만화나 소설 세계에서는 왕족과 함께 귀찮은 일이나 성가신 일을 가져오는 존재였다.

되도록 얽히고 싶지 않았다. 그러니—.

"패스."

"앗!"

"거절하죠."

"네?"

"저, 돌아갈게요."

발걸음을 되돌려 집으로 돌아가기로 했다.

"자, 잠깐, 기다려주세요!"

접수대에서 뛰쳐나온 헬렌은 내 곰 옷을 붙잡았다.

"뭐죠?"

"왜 돌아가시는 거예요?"

"돌아가서 잠이나 잘까 해서요."

"아직 아침이라고요."

"제가 언제 자든 헬렌 씨와는 상관없잖아요."

"그렇다면 이야기나 들으신 후에 주무세요. 저희는 유나 님이 좀처럼 오시지 않는데다 포슈로제 님의 고용인이 몇 번이고 찾아오는 통에 난처했던 참이란 말이에요."

"저와는 상관없는 일입니다."

"이야기만이라도 들어주세요."

"싫어요!"

"부탁이에요~."

헬렌은 곰 옷을 쥐고 놓으려고 하지 않았다.

"들으면, 거절해도 돼요?"

"왜 그렇게 싫어하시는 건데요?"

"우리 할머니가 유언으로 귀족이나 왕족은 가까이 하지 말라고 하셨거든요."

"그게 뭐예요."

"그야 귀족이나 왕족은 자기 마음에 들지 않으면 바로 죽인다거나, 옥살이를 시키거나, 아니면 괜찮은 여자를 발견하면 몸을 원하고, 거절하면 협박하면서 아무런 죄도 없는 사람을 죄인으로 만들거나, 평민에게서 돈을 착취하거나, 돈으로 사람을 마음대로 부려 먹는 존재잖아요. 게다가 그들의 자식들도 사람들을 무시하고, 거만하고 제멋대로에다 무엇이든 자기 마음대로 하려는 인종 아니에요?"

“뭐예요, 그 편견은.”

“아니에요?”

“분명 유나 님 말씀대로 그런 귀족도 있어요.”

있구나.

“하지만 포슈로제 님은 달라요. 그분은 친절하고 훌륭하신 분이에요.”

“만난 적 있어요?”

“본 적은 있어요. 게다가 나쁜 소문은 들은 적 없으니까 안심하셔도 돼요.”

“뒤에서 사람을 죽이거나 할지 모를 일이죠. 죽은 자는 말이 없다는 말도 있으니—.”

“왜 그런 쪽으로 생각이 흘러가는 거예요?”

만화와 소설의 영향이라고 말할 수는 없었다.

“어이, 이런 아침부터 웬 소란이지?”

나와 헬렌이 실랑이를 벌이고 있자 안쪽에서 근육남(길드 마스터)이 다가왔다.

“길드 마스터!”

“헬렌, 아침에는 많이 붐빈다는 걸 알 텐데. 뭘 하고 있는 거지?”

“제 탓이 아니에요. 유나 님에게 포슈로제 님으로부터 지명 의뢰가 들어왔다는 소식을 전해드렸는데, 귀족에 대해 이상한 편견을 가지시곤 의뢰 내용을 들으려고도 하질 않으세요."

편견이 아니야. 만화랑 소설에서는 사실이라고.

"편견?"

"귀족은 마음에 들지 않으면 사람을 죽인다거나, 괜찮은 여자가 있으면 몸을 요구하거나, 그들의 자식들도 거만하고 제멋대로라는 둥 그런 소리를 하시잖아요."

"확실히 그렇긴 하지."

길드 마스터가 수긍했다.

"길드 마스터!"

"아아, 미안. 분명 그런 귀족은 존재해. 하지만 클리프는 다르니까 안심해도 좋아."

클리프? 귀족에게 반말을 써도 되는 거야?

"진짜요?"

"그래, 나와 아는 사이이기도 하거든."

하긴, 모험가 길드의 마스터라면 영주와 일면식이 있어도 이상한 일은 아니지.

"부탁할게요. 거절하면 길드의 신용 문제로 이어져요."

헬렌이 양손으로 내 곰 옷을 잡았다. 승낙할 때까지 놓아줄 것 같지 않은 기세였다.

"으~음, 알았어요. 이야기만 들을게요."

이야기를 듣지 않으면 절대 놓아주지 않을 것 같았기 때문에 듣기로 했다.

"고맙습니다. 그래 봐야 이야기라고 할 것까지도 없지만—. 그저 집으로 찾아오라는 명령이었어요."

역시 수상함 100배잖아. 설마 아무도 보지 않는 곳에서…….

"걱정하지 않아도 돼. 아마 소문이 자자한 곰과 만나고 싶은 것뿐이겠지."

"소문이 자자한 곰?"

"유나 님은 이 마을에서 유명인이에요."

뭐, 곰 인형 옷을 입고 마을 안을 돌아다니면 유명해지겠지.

그렇다고 호출할 것까지는 없다고 보는데.

"이번엔 포기해. 곰 모습을 하고 단독으로 울프, 고블린 무리를 토벌했잖아. 게다가 고블린 킹까지 토벌했고 말이야. 더욱이 소환수로 곰을 불러내고 곰 모양 집까지 세우면 소문이 날 테고, 그게 귀에 들어가면 영주라도 만나고 싶어질 거야."

"곰 모양 집이 뭐죠?"

아무래도 헬렌은 곰 하우스를 모르는 것 같았다.

"모르나? 이 녀석, 땅을 빌려서 집을 지었는데 그게 곰 모습이야. 게다가 그걸 아무도 모르는 사이에 세웠다고 해서 화젯거리지."

"몰랐어요. 다음번에 보러 가야겠네요."

아니, 오지 않아도 돼.

평범하게 모험가 의뢰를 성공시키고, 평범하게 마법으로 집(곰 모양 집)을 세우고, 탈것(곰 소환수)으로 토벌 장소로 향하고, 평상복(곰 인형 옷)으로 마을을 돌아다녔을 뿐인데.

"그건 거절 못하나요?"

거절하고 싶다. 귀찮아. 만나고 싶지 않아. 집으로 돌아가고 싶어.

"글쎄다, 보통 귀족의 의뢰를 거절하는 모험가는 없으니까 말이야. 거절하면 마을에서 도망칠 수밖에 없지. 그런 짓을 할 정도라면 대개는 만나는 쪽을 선택하기 마련이야."

"귀찮네."

그 말 한 마디밖에 나오지 않았다.

"그런 소리 하지 마, 관심 가지는 것뿐이잖아. 만나 보는 것만이라도 하는 게 어때?"

만날 수밖에 없는 건가.

"만날 거면 언제 가면 되는 거죠? 영주님이라면 한가하지 않을 거 아니에요."

"네, 언제가 좋은지 물었더니 내일이나 삼 일 후라면 언제든지 괜찮다는 것 같네요."

그렇게 바쁘면 무리해서 만나지 않아도 되는데…….

"의뢰를 받는다고 말해줄 때까지 놓지 않을 거예요."

헬렌은 말하는 동안에도 내 곰 옷을 붙잡고 있었다.

“알았어요. 만나러 갈게요. 가면 되잖아요.”

“정말이죠? 감사합니다.”

드디어 헬렌이 곰 옷을 붙잡고 있던 손을 놓아주었다.

하는 수 없이 내일 오후에 만나러 가기로 했다.

귀찮다.

28 곰 씨, 영주님 저택에 가다

다음 날 오후. 영주님을 만나러 헬렌에게 안내받은 저택으로 향했다.

저택 앞에는 무서운 얼굴의 경비병들이 서 있었다.

경비병들에게 내가 오늘 간다는 건 제대로 전달했겠지.

귀찮아 죽겠다.

하지만 포기하고 문을 향해서 걷기 시작했다.

경비병들은 내가 시야에 들어오자 곧바로 시선을 고정하고 절대 놓치지 않으려 했다.

분명 수상하게 여기고 있는 거겠지. 인형 옷이 존재하지 않는 이 세계에서 곰 인형 옷을 입은 사람이 다가오니까. 경비 일을 하기 때문에 수상하게 여기는 것은 어쩔 수 없지만…… 마음에 안 들어.

“무슨 용건이지?”

경비병이 나를 머리부터 발끝까지 훑어보았다.

“저는 모험가 유나예요. 여기 영주님이 부르셨어요.”

“네가 그 자로군…… 이야기는 들었다. 확인이 필요하니 길드 카드를 내보여라.”

경비병에게 제대로 이야기 한 모양이다. 한차례 소동이 벌어질 거라 생각했는데. 뭐, 불러 놓고 경비병에게 전하지 않는 바보는 없으려나.

길드 카드 확인이 끝나자 저택의 현관까지 안내받았다. 현관에서 20대 초반의 메이드로 안내인이 바뀌었다.

실제 메이드는 처음 봤어. 역시 메이드가 있구나. 메이드는 흑백의 메이드복을 입고 있었다. 메이드를 좋아하는 사람이 보면 정신을 못 차리겠지.

메이드는 자신을『라라』라고 소개하곤 가볍게 고개를 숙이더니 방을 안내해주었다.

내 인형 옷을 보고도 반응이 미지근하다. 순간 놀랐지만 바로 평정심을 되찾았다. 역시 메이드군.

라라는 저택 안을 조용히 걷더니 어떤 문 앞에서 멈춘 후 노크를 했다.

"클리프 님, 모험가 유나 님을 모셔 왔습니다."

안에서「들어와」라는 대답이 돌아왔다.

"실례하겠습니다."

라라가 문을 열고 나에게 방 안으로 들어가라고 몸짓했다.

그 몸짓에 따라 안으로 들어가니 문이 닫혔다.

라라는 들어오지 않았다.

방은 넓었고, 큰 책상에 큰 테이블, 소파가 자리 잡아 집무실

분위기를 내고 있었다.

그리고 서른 살 전후로 보이는 금발의 남자가 책상 앞에 앉아 있었다.

"거기 소파에 앉지."

남자가 말하는 대로 순순히 소파에 앉았다.

"진짜 곰 모습을 하고 있구나."

남자는 이쪽으로 다가와 테이블을 사이에 끼고 맞은편 소파에 앉았다.

그리고 나를 보더니 비웃음을 흘렸다.

역시 나쁜 귀족이었군.

"비웃으려고 부르신 거라면 돌아가겠어요."

지금 바로 돌아가고 싶었다.

"아니, 미안하군."

"그래서, 무슨 용건이시죠?"

"소문의 곰을 만나보고 싶었거든."

분명 길드 마스터도 비슷한 말을 했던 것 같은데…….

"게다가 딸도 만나고 싶어 해서 말이지."

"딸이요?"

"그래, 아무래도 너를 마을에서 한 번 본 적이 있었나봐. 그리고 부하의 보고로 들려오는 네 평판에 대해 딸에게 말했더니 기빠하지 뭐야."

잠깐만! 개인 정보 보호법도 몰라?

"그럼, 따님을 위해서 부르셨다는 건가요?"

"반은 그렇지. 남은 반은 마을에서 소문난 곰을 내가 보고 싶었기 때문이고."

내가 무슨 동물원에 있는 곰인가.

"곰이 아니라 유나예요."

"그랬지. 나는 클리프다. 알고 있겠지만 이 마을의 영주를 맡고 있어."

서로에게 자기소개를 했다.

"그래서, 보셨으니 만족하셨나요?"

"그렇게 화내지 마. 귀여운 얼굴이 아깝잖아."

귀엽다니, 얼굴 마주하고 들으니까 창피하잖아.

나는 얼굴이 보이지 않도록 곰 후드를 깊게 눌러썼다.

"그런데 너 같은 여자아이가 고블린 킹과 타이거 울프를 쓰러뜨렸다니 믿기지 않는군."

"거짓말일지도 모르죠."

"너를 부르기 전에 확실하게 조사했다. 딸과 만나게 하기 위해서 말이야."

조사를 하다니…… 귀족과 만나는 거니까 어쩔 수 없다고 생각은 했지만 기분이 좋지는 않네.

그때 똑똑 하고 노크 소리가 들렸다.

"느와르 님을 모셔 왔습니다."

"들어와."

문에서 피나 또래로 보이는 여자아이가 들어왔다.

긴 금발의 귀여운 아이였다.

"아버지, 곰 님이 오셨다는 게 정말인가요?!"

"딸 느와르다. 너를 만나고 싶어 했어."

여자아이는 나를 발견하더니 눈을 반짝이며 종종걸음으로 달려왔다.

"곰 님이시죠. 저는 느와르라고 해요. 노아라고 불러주세요."

"으음, 나는 유나야. 곰 님이 아니라 이름으로 불러주겠니?"

"네, 알았어요. 유나 님."

노아는 그렇게 말하더니 내 옆에 앉고서 내 쪽을 쳐다봤다.

"저기, 안아 봐도 될까요?"

그리고 쑥스러운 듯 물었다.

"괜찮아."

어린아이라도 남자아이였다면 거절했을 테지만 금발 미소녀의 부탁이라면 거절할 수 없지.

"고맙습니다."

인사를 한 노아가 내게 안겼다.

나는 가슴 언저리에 닿은 머리를 쓰다듬어 주었다.

피나도 그렇고, 나는 여동생을 좋아하는 여동생 속성일지도 모르겠다.

"부드러워요. 그리고 좋은 냄새가 나요."

노아가 배에 머리를 비비적거렸다.

"저, 유나 님을 마을에서 한 번 본 적이 있어요."

클리프도 그런 말을 했었지.

"멀리서 봤지만 엄청 귀여운 옷차림을 하셔서 시선을 빼앗겨버렸어요. 그런 뒤 아버지께 유나 님의 이야기를 들었죠. 계속 만나뵙고 싶었어요."

뭐, 이런 인형 옷을 입은 사람이 있다면 만나보고 싶어지려나?

여기가 일본이라면 흥미가 있어도 멀리서 보기만 할 뿐, 나는 다가가지 않을 테지만.

"이제 저는 뭘 하면 되죠?"

"딱히 정하지는 않았지만, 딸의 말동무가 되어주면 좋겠어."

"저, 마물을 쓰러뜨린 이야기가 듣고 싶어요."

들려주고 싶어도 딱히 대단한 이야기는 아니었다. 마법을 쏘아대서 쓰러뜨린 것뿐이니까. 하지만 눈을 반짝이며 듣고 싶어 하는 여자아이의 부탁을 거절할 수는 없었다.

일단 숨기고 싶은 부분은 숨기고 고블린 킹, 타이거 울프를 토벌했을 때의 이야기를 해주었다.

노아는 눈을 반짝이며 이야기를 들었고, 그 앞에서 클리프도 조용히 마실 것을 마시며 듣고 있었다.

"대단해요!"

"믿어주는 거니? 거짓말일지도 모르는데."

"믿어요. 게다가 아버지께도 같은 이야기를 들었는걸요."

"아까 말했지만 너에 대해서는 사전에 조사했어. 토벌이 거짓이 아니라는 것 정도는 조사해 뒀다."

뭐, 마석으로 토벌된 시기 정도는 웬만큼 알 수 있는 것 같으니.

모르는 건 정말 나 혼자서 쓰러뜨렸느냐, 그 정도려나?

토벌 이야기도 끝나고, 이것으로 끝인가 싶었는데 노아가 나를 보았다.

"마지막으로 유나 님에게 부탁이 있는데 괜찮을까요?"

노아는 말을 꺼내기 어려운 듯했다.

"부탁?"

"그……, 소환수인 곰 님들을 보여주실 수 있나요?"

"소환수?"

"네. 아버지께 소환수 이야기를 들었을 때부터 무척 보고 싶어서……."

“나도 보고 싶군.”

곰 소환수는 어느 정도 알려져 있으니 보여줘도 상관없겠지.

“괜찮겠어요? 위험할지도 몰라요.”

“위험해?”

“소환수를 공격하거나 저에게 해를 끼치지 않으면 괜찮을 거예요.”

“그런 짓을 할 생각은 없어. 애초에 너를 공격할 메리트가 없잖아. 게다가 그런 짓을 했다간 딸에게 미움을 살 거다.”

영주인 클리프의 허가도 받았겠다, 저택의 정원에서 곰돌이와 곰순이를 소환하기로 했다.

기뻐하는 노아를 선두로 나, 클리프, 뒤이어 마지막으로 메이드 라라가 뒤따랐다.

29 곰 씨, 의뢰를 달성하다

다 같이 뒤뜰로 보이는 곳으로 이동했다.

"유나 님, 이 정도 넓이면 괜찮으신가요?"

역시 영주님의 정원이었다.

엄청 넓었다.

라라의 말에 따르면 경비병들이 훈련하는 장소라고 했다.

지금은 아무도 없지만.

"그럼 소환할게요. 나와, 곰돌이, 곰순이."

딱히 말로 부를 필요는 없었지만 그럴싸하게 해봤다.

곰 장갑에서 큰 검은 털 뭉치와 하얀 털 뭉치가 나왔다. 털 뭉치가 움직이더니 빙글 뒤돌아서 이쪽으로 얼굴을 향했다.

"곰돌이, 곰순이, 이리 와."

내가 부르자 기쁜 듯 곰돌이와 곰순이가 다가왔다. 귀엽군.

하지만 뒤에서는 놀라는 사람, 소란을 피우는 사람이 있었다.

"곰이에요. 곰 님이에요. 유나 님, 만져도 될까요?"

노아가 펄쩍 뛰고 있었다.

"느와르 아가씨, 위험합니다! 물러서세요!"

라라가 노아의 팔을 붙잡고 자신의 몸으로 노아를 지키려고 했다.

"라라 씨, 놔주세요. 곰 님이 안 보여요. 곰 님을 못 만지잖아요."

노아는 열심히 라라의 손을 풀어내려 했지만, 라라는 단단히 붙잡고 놓지 않았다.

"클리프 님도 뭐라 말씀 좀 해주세요!"

"뭐, 괜찮지 않을까?"

"클리프 님?!"

주인인 클리프의 말에 라라는 어쩔 수 없이 말리는 것을 멈췄다.

자유가 된 노아가 천천히 곰에게 다가왔다.

"진짜 만져도 괜찮아요?"

"괜찮아. 살살 만져줘."

노아가 부드럽게 곰돌이를 만졌다.

다른 한 손으로는 곰순이를 쓰다듬어 주었다.

두 마리는 기분이 좋은 듯 눈을 가늘게 떴다.

"엄청 따뜻하네요. 그리고 부드러워요."

노아가 곰순이의 목을 감싸 안았다.

"타볼래?"

"그래도 돼요?!"

"곰순이, 괜찮지?"

곰순이는 대답 대신 허리를 숙여 타기 쉽도록 해주었다. 노아는 머뭇거리며 곰순이의 등에 타려고 했다.

“떨어지지 않으니까 걱정 마.”

나는 올라타는 것을 도와줬다.

곰순이는 노아가 탄 것을 확인하더니 천천히 일어섰다.

“우와~ 높아요.”

노아는 곰순이 위에서 기뻐했다.

“유나 님, 산책해도 돼요? 집을 한 바퀴 돌기만 할게요.”

얼마나 넓은지는 몰라도 한 바퀴 정도라면 괜찮으려나?

“그래, 알았어. 곰순이, 노아를 잘 부탁해.”

곰순이는 작게 울며 대답한 후, 노아를 태우고 천천히 걷기 시작했다.

“느, 느와르 님!”

라라가 당황하며 노아를 쫓아갔다. 노아를 배웅하자 클리프가 내 쪽으로 왔다.

“미안하지만 나도 만져 봐도 될까?”

클리프가 곰순이를 탄 노아의 뒷모습을 보며 물었다.

“괜찮아요.”

딱히 거절할 일은 아니었기 때문에 승낙했다. 클리프는 천천히 곰돌이를 만졌다.

“오오, 결이 좋군. 게다가 감촉도 좋아.”

클리프는 곰돌이를 만지며 등을 바라보았다.

"타고 싶으세요?"

"괜찮은가?"

"노아처럼 한 바퀴만이에요."

"그래, 알았네."

클리프는 곰돌이를 타고 노아를 뒤쫓아 가버렸다.

잠시 후, 두 마리가 나란히 돌아왔다.

"유나 님, 고마웠어요. 즐거웠어요."

"나도 귀중한 경험을 했군."

곰들 뒤에서 조금 늦게 라라가 나타났다. 라라는 꽤 지친 모양이었다.

내 탓은 아니니까 신경 쓰지 말아야지.

"그럼 나는 일이 있어서 이만 안으로 들어갈게. 노아를 잘 부탁해. 돌아갈 때는 내가 있는 곳으로 와줘."

클리프는 저택 안으로 돌아갔다.

노아는 곰순이 위가 마음에 들었는지 내려오려고 하지 않았다.

"기분 좋아요."

노아는 곰순이 위에 엎드려 누웠다.

잠시 동안 엎드려서 곰순이를 쓰다듬었지만 이내 그 동작도 멈췄다. 조용하다 싶어 봤더니 작게 숨소리를 내며 잠들었다. 곰순

이에게 천천히 걷도록 말하고 나무 그늘로 이동시켰다. 아무리 그래도 햇빛 아래에서 재울 수는 없었다.

라라는 걱정스럽게 노아를 보고 있었다.

"걱정 안 하셔도 돼요. 그래도 감기에 걸리면 곤란하니 덮을 만한 거 뭐 없을까요?"

내 말에 라라는 서둘러 저택 안으로 돌아가 담요 같은 것을 갖고 왔다.

하지만 곰순이의 위치가 높았기 때문에 덮어줄 수 없었다.

"곰돌아, 도와드려."

곰돌이는 라라를 양손으로 들어 올렸다.

라라는 들려진 상태로 노아에게 담요를 덮어 주었다.

"고맙습니다. 곰돌이 님."

아무래도 곰돌이에 대한 공포감은 이제 없는 것 같았다.

우리는 곰순이 위에서 자는 노아와 같이 나무 그늘에 앉았다.

나는 곰 박스에서 작은 나무통과 나무 컵 두 개를 꺼냈다.

통에는 오렌 열매의 과즙이 담겨 있는데 오렌지 주스 같은 맛이 난다.

컵에 얼음을 담고 오렌 과즙을 따라 라라에게 건넸다.

라라는 그걸 받아 과즙을 마셨다.

"맛있어요."

“다행이네요.”

“고맙습니다. 차가워서 맛있어요.”

“더 있으니 마음껏 들어요.”

“그건 그렇고, 얌전하네요.”

라라는 곰돌이와 곰순이를 바라보았다.

“소환수니까요. 야생의 곰과는 달라요.”

말은 이렇게 해도 야생의 곰 같은 건 본 적도 없지만 말이다.

“그러게요. 느와르 님도 즐거워 보이셨어요. 감사합니다.”

“감사 인사를 들을 정도는 아니에요. 일단은 일이니까요.”

라라는 이 저택에서 일한 지 5년 정도 됐다고 한다.

노아는 5살 때부터 봐 왔기에 소중한 존재라고 했다.

그래서 되도록 걱정을 끼치지 말아달라고 부탁받았다.

하지만 노아를 즐겁게 해준 건 고맙다고 했다.

그렇게 라라와 이야기를 나누고 있는데 곰순이 위에서 자고 있던 노아가 꿈틀꿈틀 움직이기 시작했다.

“일어났니?”

“어라, 여기는……”

노아는 눈을 비비며 주변을 둘러보았다.

“곰순이 위야. 잠들었었어.”

“그렇구나. 곰순이가 기분이 좋아서 잠들어 버렸네.”

"느와르 님. 이제 안으로 들어가시겠어요? 감기 걸리면 안 되니까요."

"좀 더 곰순이랑 있을래."

노아는 곰들과 떨어지려 하지 않았다. 이대로는 끝이 나지 않을 것 같아 곰순이에게 신호를 보냈다.

"곰순이도 지쳤으니까 쉬게 해주지 않을래?"

내가 그렇게 말하자 곰순이가 작게 울며 졸린 것 같은 시늉을 했다.

"크응~."

"맞아요, 느와르 님. 곰순이 님은 아가씨가 주무시고 있는 동안에도 떨어지지 않도록 해주었어요. 곰순이 님을 쉬게 해주세요."

곰순이는 고개를 살짝 돌려 등에 타고 있는 노아를 촉촉한 눈망울로 바라보았다. 노아도 곰순이의 눈을 마주보았다.

"……네, 알았아요. 미안, 곰순아."

노아는 곰순이에게서 내려와 부드럽게 쓰다듬어 주었다.

"그럼 쉬어."

나는 곰순이, 곰돌이를 역소환했다.

"그럼 느와르 님, 방으로 가시죠."

"나는 클리프 씨가 있는 방으로 갈게."

"어머, 유나 님. 설마 돌아가시려고요?"

"내 일도 끝났으니까."

의뢰비 몫의 일은 했을 것이다.

"유나 님, 같이 저녁 먹어요."

노아가 곰 인형을 붙잡았다.

나는 거절하려고 했지만 그대로 곰 인형의 손을 붙잡힌 채 저택 안으로 따라 들어갔다.

마침 클리프가 나타나 저녁 이야기를 하게 되었다.

결국 클리프의 권유도 있어 저녁을 얻어먹게 되었다.

저녁을 먹고 나니 이번에는 자고 가라고 했지만, 그건 정중히 거절했다.

"유나 님, 꼭 또 놀러 오셔야 해요."

대문까지 노아와 라라가 배웅해주었다.

노아에게 또 오겠다고 약속을 하고 헤어졌다.

30 피나, 일을 하다

며칠 전, 유나 언니와 타이거 울프를 토벌하러 다녀왔습니다.

저는 유나 언니가 일을 하러 가 있는 동안 유나 언니가 꺼낸 곰 하우스에서 해체 작업을 했습니다.

그 전에 어머니의 약초를 캐러 갔다가 길을 잃을 뻔했지만 곰순이 덕분에 돌아올 수 있었습니다.

지금부터 저는 해체 작업을 해야 합니다. 그게 저의 일입니다.

곰순이는 밖에서 기다리게 하고 저는 창고로 가서 그 안쪽에 있는 냉장창고에서 울프를 옮겼습니다.

울프는 마물 중에서는 작은 편이지만 저에게는 큽니다.

열심히 한 마리를 테이블 위에 올렸습니다.

유나 언니가 디딤대를 준비해 줘서 충분히 테이블 위에서 작업할 수 있습니다.

채집용 나이프로 가죽을 벗기고 고기를 부위별로 나눴습니다.

마석은 꺼내서 따로 두었습니다. 필요 없는 부분은 쓰레기통에 버립니다.

아무래도 이 쓰레기통은 엄청 깊은 모양이라 떨어지지 않도록 조심하라는 말을 들었습니다.

무서워서 조심하게 합니다.

울프 해체 작업을 몇 번이고 반복하자 창고 문이 열렸습니다.

유나 언니가 돌아왔습니다.

벌써 타이거 울프를 쓰러뜨리고 온 걸까요?

아직 해체 작업은 끝나지 않았습니다.

유나 언니가 타이거 울프의 마석을 꺼내달라고 했습니다.

물론 일이기 때문에 알았다고 했습니다.

언니가 내놓은 타이거 울프가 생각보다 커서 놀랐습니다.

이렇게 큰 마물을 쓰러뜨리는 유나 언니는 정말 대단합니다.

얼른 마석을 꺼냈습니다.

타이거 울프도 울프와 같은 계열의 마물이기 때문에 마석의 위치는 같을 것입니다.

배의 중심부에서 마석을 꺼냈습니다.

마석은 울프의 것과 비교해 배에 가까운 크기였습니다.

물로 깨끗하게 씻어 유나 언니에게 건넸습니다.

그 후 점심을 먹고 저는 해체 작업을 이어서 했습니다.

유나 언니는 잘 거라고 했습니다.

타이거 울프와 싸워서 피곤한 거겠죠.

저도 열심히 해야겠습니다.

열심히 해체 작업을 끝냈습니다.

유나 언니를 깨우러 2층으로 올라갔습니다.

어느 방에서 주무시려나.

우선 맨 앞의 방부터 살펴보기로 했습니다.

가장 가까운 방문을 노크하고 안으로 들어갔습니다.

계시네요.

침대에서 편안한 듯이 자고 있습니다.

유나 언니를 흔들어 깨웁니다.

"유나 언니, 유나 언니."

유나 언니가 일어났습니다.

침대에서 내려온 유나 언니는 하얬습니다.

마치 곰순이처럼 하얬습니다.

검은 곰의 모습도 귀엽지만 하얀 곰의 모습도 귀엽습니다.

아무래도 옷을 뒤집으면 검은 곰과 흰 곰이 서로 바뀌는 것 같습니다.

해체가 끝났다고 전하고 이만 돌아가기로 했습니다.

유나 언니는 곰 하우스를 집어넣었습니다.

마법이란 대단합니다.

돌아올 때는 곰돌이를 탔습니다.

아무래도 한쪽 곰에게만 부탁했더니 나머지 곰의 기분이 상한 듯했습니다.

그래서 돌아오는 길은 곰돌이를 타기로 했습니다.

문지기가 놀랐습니다.

이 곰을 보면 누구라도 놀라겠죠.

하지만 곰은 귀엽습니다.

다음 날도 일을 하러 유나 언니에게 갔습니다.

하지만 해체할 장소가 없는 것 같았습니다.

그래서 해체할 수 있는 장소를 모험가 길드에서 상담할 모양입니다.

모험가 길드로 가자 상업 길드를 소개받아 상업 길드로 향했습니다.

어쩐지 일이 커져버렸습니다. 불안해지기 시작했습니다.

상업 길드에 도착하자 모두가 유나 언니를 보았습니다. 역시 저 곰 복장은 눈에 띕니다.

유나 언니는 접수대 언니와 이야기를 하더니 그 자리에서 땅을 빌렸습니다.

빌리기로 한 공터로 안내를 받고 그곳에 순식간에 곰 하우스를 세웠습니다.

몇 번을 봐도 대단합니다.

창고로 들어가 일을 했습니다. 오늘은 타이거 울프를 해체합니다.

해체 작업은 울프와 같지만 긴장됐습니다.

저도 이 가죽이 비싸다는 것쯤은 알고 있습니다. 깔끔하게 벗기지 않으면 가치가 떨어져버릴 것입니다. 그러니 열심히 할 겁니다.

무사히 해체가 끝나고 오늘 일이 끝났습니다.

그 후, 며칠 동안 매일 유나 언니의 집에 갔습니다.

해체를 하고 있는데 순간 어지러웠습니다.

좋지 않다고 생각하는데 그대로 쓰러져 버렸습니다.

게다가 운이 안 좋게도 유나 언니가 봐버렸습니다.

유나 언니가 달려왔습니다.

제 손을 보고 놀랍니다.

손에서 피가 흐르고 있었습니다.

쓰러질 때 나이프에 손을 살짝 베인 것 같습니다.

조금 아팠습니다.

유나 언니가 피가 나는 부분을 만졌습니다.

마법일까요?

따뜻하다고 생각했더니 아픔이 사라지고 상처도 없어졌습니다.

대단합니다.

유나 언니는 곰 인형 장갑을 벗고 제 이마에 손을 댔습니다.

아무래도 열이 있나 봅니다.

일단 2층에 있는 방에서 자라고 했습니다.

침대에서 자는데 유나 언니가 한 번 더 이마를 만집니다.

부드러워서 기분이 좋습니다.

점점 기분이 좋아져 잠들어 버렸습니다.

그 후 눈을 뜨니 저녁이었습니다.

유나 언니는 식사를 준비했으니 가지고 가서 집에서 먹으라고 했습니다.

그리고 내일은 하루 쉬라고도 말했습니다.

이틀 후, 유나 언니의 집으로 갔더니 앞으로는 해체 일은 삼 일 하면 하루는 쉬라고 했습니다.

만약 쉬는 날에 다른 일을 했다간 앞으로 해체 일은 시키지 않을 거라고 했습니다.

이것도 유나 언니가 저를 걱정해서 그런 것이기에 순순히 따랐습니다.

31 곰 씨, 피나 어머니의 병을 진찰하러 가다

오늘은 휴일.

피나처럼 나도 휴식을 취했다.

최근 한 달 동안 많은 사실들을 알게 되었다.

일단 스킬은 레벨이 오르면 자동적으로 익히게 된다.

지금 가진 스킬은 7개다.

이세계 언어: 이세계의 말을 이해한다(이게 없었으면 큰일 날 뻔했어).

이세계 문자: 이세계의 문자를 읽고 쓸 수 있다(이거 덕분에 길드에서 일을 할 수 있지. 문자를 읽지 못했다면 큰일이었을 거야).

곰의 이차원 박스: 살아 있는 것 외에는 무엇이든 담을 수 있다(시험해본 결과, 얼마만큼 넣을 수 있는지, 어느 정도 크기까지 넣을 수 있는지는 알 수 없었다).

곰 관찰경: 도구와 무기의 효과를 볼 수 있다(뭐, 보통 게임이라면 일반적으로 가능한 거지).

곰 탐지: 위험한 마물이나 사람의 위치를 알 수 있다(마물의 위치를 알 수 있는 건 편리하긴 해. 마물 퇴치도 편하게 할 수 있어).

곰 지도: 가본 적이 있는 장소의 지도를 자동으로 작성해준다(RPG의 기본, 자동 매핑 시스템이지. 이거 덕에 길을 헤매지 않을 수 있어).

곰 소환수: 곰 장갑에서 곰이 소환된다(이동에 전투, 호위까지 만능인 곰이야. 단점은 마을 안에서 데리고 다닐 수 없다는 점이려나).

스킬과는 별개로 마법도 존재했다.

마법은 이 세계의 룰을 따르고 있는 것 같았다.

마법은 스스로 노력해서 배운다.

하지만 내 경우에는 곰 덕에 쉽게 마법을 쓸 수 있었다. 내가 곰 장갑에 마력을 보내면 곰 장갑이 마법을 발동시킨다. 그렇기 때문에 나는 곰 장비를 착용하지 않으면 마법을 쓸 수 없었다.

이 세계의 마법은 떠올리는 것에 따라 위력이 늘어나는 것 같았다. 지식, 상상력 등이 마법에 영향을 끼쳤다. 예를 들면 불 마법을 쓸 때 가스버너를 상상하면 철도 녹일 수 있는 화염이 생긴다.

이 세계의 사람들은 가스버너를 모르기 때문에, 아마 이 마법을 선보여도 다른 사람들이 같은 마법을 발동시킬 수는 없을 것이다.

얼음도 그랬다. 물 분자의 움직임을 멈추는 건 상상할 수 없으리라.

그래서 이 세계의 마법은 수준이 높아질수록 상상하기가 어려워진다.

그리고 피나가 쓰러졌을 때 깨달은 것인데, 상처를 낫게 하는 마법도 상상하는 것에 따라 효과가 달라졌다.

상처, 피부를 막는 상상을 하면 상처를 낫게 할 수 있었다.

검증은 되지 않았지만 깊은 상처를 입은 경우에도 혈관을 연결하는 상상 같은 것으로 고칠 수 있을 가능성이 높았다. 아직 확인해보지 않아서 확실하진 않지만 말이지.

그리고 열과 병세를 호전시키는 마법이 있다.

이것은 게임으로 빗대자면 독과 마비를 고치는 마법으로 분류된다.

몸 안에 있는 병균, 즉 독을 없애면 고칠 수 있었다.

이 세계의 스킬과 마법 등에 대해서 생각하고 있는데 현관에서 소리가 들렸다.

이 곰 하우스에는 결계가 쳐져 있는데, 곰 하우스를 만들었을 때 자동적으로 발동해서 내가 인정한 사람만이 들어올 수 있도록 되어 있었다. 인정하지 않은 자는 절대로 집 안에 들어올 수 없다. 지금 들어올 수 있는 건 피나뿐이다.

1층으로 내려가려고 복도로 나온 순간, 피나가 달려들었다.

"유나 언니!"

피나의 상태가 이상했다.

껴안은 피나의 몸이 떨리고 있었다.

"왜 그러니?"

피나를 떼어 내고 얼굴을 내려다보았다.

눈이 새빨개진 채 울고 있었다.

"유, 유나 언니, 어, 어머니가……."

"진정하렴."

"어머니가 아파하셔서…… 약을 드렸는데도……, 낫질 않아서…… 겐츠 아저씨한테도 갔는데…… 약을 찾아주겠다고 말씀하시고 돌아오시지 않아서…… 저, 저, 어쩌면 좋을지……."

어머니의 상태가 위독한 모양이다.

"응, 알았으니까 피나네 집으로 안내해 주겠니?"

어쩌면 독과 마비 등을 고치는 마법으로 치료가 가능할지도 모른다.

피나와 함께 피나네 집으로 향했다.

작은 집. 피나는 여기에서 어머니와 여동생과 셋이서 살고 있는 건가.

집 안으로 들어가 피나의 어머니가 누워 있는 방으로 향했다.

침대에는 고통스러워하는 여성이 누워 있었다.

침대의 옆에는 작은 여자아이가 울고 있었고, 그 옆에는 겐츠 아저씨가 서 있었다.

"피나, 거기다 곰 아가씨도—."

"겐츠 아저씨?!"

"늦어져서 미안하다."

"어머니의 약은요?"

"미안하구나."

겐츠 아저씨는 그 한마디만 하고 고개를 숙였다.

피나의 어머니가 고통스러워하며, 힘없는 손을 겨우 뻗어 딸의 얼굴을 쓰다듬었다.

"겐츠, 만약 내게, 무슨 일이, 생긴다면, 딸들을 부탁해요."

"무, 무슨 소리야! 만약이라니!"

겐츠 아저씨는 피나의 어머니의 말에 소리쳤다.

"겐츠, 당신에게는 여러 가지로, 폐를, 끼쳤네요. 약도 그렇고, 피나도 보살펴 줘서 고마워요."

말을 할 때마다 피나의 어머니는 땀을 흘리며 힘들어했다.

"괜찮아. 한숨 푹 자면 나아질 거야. 더는 말하지 마. 그때까지 아이들은 내가 보살필게. 그러니 당신은 얼른 낫기나 해."

"슈리…… 피나…… 얼굴을 보여주렴."

""어머니!""

두 사람은 어머니 곁으로 달려갔다.

"아무것도 해주지 못해서 미안해. 그리고 고마워, 피나, 슈리."

두 사람에게 힘껏 미소를 지었지만, 그 미소에는 고통이 섞여 있었다.

더는 한계인지 눈을 감고 고통을 참고 있었다.

세 사람이 침대 주변에 모여 울거나 이름을 외치고 있었다.

툭툭.

손뼉을 쳐서 모두를 진정시키려고 했지만 곰 장갑을 낀 손으로는 박수 소리가 나지 않았다. 하지만 다들 나에게 신경을 써주었다.

"일단, 셋 다 진정하세요."

"유나 언니?"

"가능할지 모르지만 진찰해볼 테니까 비켜보렴."

피나는 동생의 손을 이끌어 침대에서 떨어졌다.

동생은 울면서 피나에게 안겨 있었다.

나는 침대 옆에 서서 피나의 어머니를 바라보았다.

아직 서른 전후의 여성이었다.

하지만 몸은 삐쩍 말라 있었다. 영양 섭취를 너무 못해서이리라.

"조금만 참으세요."

고통스러워하는 아주머니의 몸 위에 양손을 올린 후, 곰 장갑에 마력을 담았다.

몸 전체에서 병의 원인이 없어지는 것을 상상했다.

"큐어."

주문은 필요 없었지만 이러는 편이 상상하기 쉬웠다.

마법이 발동되자 아주머니의 몸이 빛으로 감싸였다.

서서히 고통에서 해방되어 호흡도 진정되어 갔다.

성공인가?

하지만 체력이 꽤 떨어져 쇠약해져 있었다.

"힐."

다른 마법을 외었다.

체력을 회복시켰다.

아주머니가 눈을 천천히 떴다.

그리고 아무 일도 없었던 것처럼 침대에서 일어섰다.

"……아프지 않아."

"어머니!"

두 딸이 달려갔다.

"아무래도 성공한 것 같네."

"아가씨, 뭘 한 거야? 마치 고위직 신관님 같았어. 아니지, 지금은 그건 됐고. 아가씨, 고마워요."

겐츠 아저씨는 눈에 눈물을 살짝 머금고 나의 곰 인형을 강하게 쥐며 고맙단 말을 했다.

"유나 언니, 고마워요."

피나도 눈에 눈물을 머금으며 감사 인사를 했다.

"저기, 고마워요. 당신이 저를 낫게 해주었나요?"

"피나가 울길래요. 하지만 당분간은 안정을 취하세요. 마른 몸까지 회복되지는 않을 거예요. 어디까지나 일시적인 거죠."

"어떻게 보답해 드려야 할까요. 보시다시피 저에게는 값을 치를 만한 게 아무것도 없어요."

"기다려, 내가 내지. 아가씨, 당장은 무리겠지만 꼭 값을 치르겠네. 그러니 이 세 모녀에게는 아무 짓 하지 말아줘."

왠지 내가 악역이 된 것 같은 느낌이 들었다.

병을 낫게 해주었으니 돈을 내! 돈을 내지 않으면 딸을 데리고 가겠어!

……이러면서 딸을 납치하는 것 같은 느낌이란 말이지.

만약 로리콤 악역이라면—.

"후후훗, 값이라면 귀여운 딸이 둘이나 있잖아."

이렇게 말하려나. 오해를 풀어야겠어.

“딱히 돈은 필요 없어요. 저는 피나의 미소를 지켜주고 싶었을 뿐이에요.”

그렇게 말하곤 피나의 머리를 쓰다듬었다.

나, 지금 멋있는 말 했지?

피나는 내 말에 감격해서 내게 안겼다.

근데 어쩐지 죄책감이…….

“하지만, 그래서는…….”

“그렇지, 내가 할 수 있는 거라면 무엇이든 말하게.”

“저도 다 낫는 대로 뭐든 할게요.”

무엇이든!

분명 그랬지? 무엇이든이라고.

“그럼 두 분밖에 못하는 일을 부탁할까요?”

“…….”

“…….”

이상한 분위기가 흘렀다.

일단 피나와 동생을 바라보고 말했다.

“피나, 동생이랑 같이 맛있는 것 좀 사 오렴. 어머니가 영양가 있는 걸 드시게 해야지.”

그리고 곰 박스에서 돈을 꺼내 피나에게 건넸다.

"하지만……."

"괜찮아. 어머니는 괜찮으시니까 다녀오렴."

"네, 알았어요. 슈리, 가자."

손을 잡고 집을 나서는 두 사람을 배웅한 후, 다시 겐츠 아저씨와 아주머니를 보았다.

"우리에게 무슨 일을 시킬 셈이지?"

"피나와 슈리를 위해서, 두 분은 함께 살아주세요."

"……뭐?!"

"……네?"

두 사람의 입이 열린 채 다물어지지 않았다.

"겐츠 아저씨가 아주머니를 좋아하시는 건 알고 있어요."

피나에게 들었으니까.

"너, 너……."

"안 돼요. 피나도 알고 있는걸요. 게다가 아주머니도 아이들을 겐츠 아저씨에게 맡길 정도로 믿고 있는 데다가, 딱히 싫지 않으시잖아요."

"……그건."

아주머니의 볼이 살짝 빨개졌다.

"게다가 저 아이들을 고생시킬 수는 없잖아요. 겐츠 아저씨는 길드 직원이니까 수입이 안정적이기도 하고요. 여자 셋이서는 걱정돼서 도저히 안심할 수 없으니까요."

"하지만……."

"겐츠 아저씨는 아주머니를 좋아하시죠?"

"그건……."

겐츠 아저씨는 침을 삼켰다.

그리고 아주머니 쪽을 바라보았다.

"티루미나, 나, 나와 결혼해줘. 오래전부터, 좋아했어. 로이에게는 미안하지만 당신을 좋아해!"

"겐츠…… 고마워요."

나는 조용히 방을 나오려고 했다.

단둘이 있게 해드리자.

"어딜 가는 거야?"

하지만 그런 나의 마음을 몰라주는 아저씨.

"돌아가려고요. 이젠 가족 문제잖아요."

"그렇군, 그, 고맙다."

쑥스러워하며 감사 인사를 했다.

"아이들을 잘 보살펴 주세요."

"그래, 걱정 마라."

"혹시 아주머니 몸 상태가 안 좋아지면 부르세요."

나는 피나네 집을 뒤로하고 곰 하우스로 돌아왔다.

32 피나, 곰 씨에게 부탁하다

아침에 일어나니 어머니가 괴로워하고 계셨습니다.
평소와 고통스러워하는 정도가 달랐습니다.
의식이 없었습니다.
아무리 외쳐 봐도 대답이 없으셨습니다.
약을 먹여 드리려고 해도 드시질 못합니다.
그래도 열심히 드시게 했습니다.
하지만 상태가 좋아지지 않았습니다.
어머니의 이마에서 엄청난 땀이 났습니다.
여동생 슈리는 걱정하며 침대로 다가와 「어머니, 어머니」라고 어머니를 불렀습니다.
이대로는 안 됩니다.
"슈리, 어머니를 부탁해."
"언니?"
동생이 걱정스러운 듯 저를 보았습니다.
"겐츠 아저씨한테 갔다 올게. 걱정 마. 겐츠 아저씨라면 어떻게든 해주실 거야."
저는 동생의 머리를 부드럽게 쓰다듬고 겐츠 아저씨의 집으로 향했습니다.

이 시간이라면 아직 일을 하러 가지 않았을 것입니다.

저는 힘껏 달렸습니다.

아직 지나다니는 사람들이 적어 달리기 쉬웠습니다.

겐츠 아저씨의 집으로 가서 문을 힘껏 두들겼습니다.

"겐츠 아저씨! 겐츠 아저씨!"

문을 두들기자 겐츠 아저씨가 나왔습니다.

"무슨 일이니? 이런 이른 아침부터."

"어머니가!"

"티루미나가 왜!"

"고통스러워하고 계세요. 평소와 달라요."

이제는 눈물이 멈추지 않습니다.

"약을 드려도 낫질 않아요."

"바로 가마."

겐츠 아저씨가 저희 집을 향해 달렸습니다.

저도 힘껏 달렸습니다.

집에 도착할 무렵에는 앞을 달리고 있던 겐츠 아저씨의 모습이 보이지 않았습니다.

집 안으로 들어가자 겐츠 아저씨가 어머니에게 말을 걸고 있었습니다.

하지만 어머니의 반응이 없었습니다.

"젠장!"

겐츠 아저씨가 저와 슈리를 바라보았습니다.

"약을 찾아올게. 너희는 어머니를 보고 있으렴."

겐츠 아저씨는 다급히 집을 뛰쳐나갔습니다.

저는 어머니의 손을 잡았습니다.

그러자 슈리도 같이 어머니의 손을 잡았습니다.

부탁이에요. 어떻게든 어머니를 살려주세요.

제가 할 수 있는 일이면 뭐든 할 테니.

제발…….

"어머니……."

"피나, 슈리……."

"어머니!"

어머니의 의식이 돌아왔습니다.

부탁이 통했습니다.

"피나, 슈리, 미안해."

왜 사과하시는 걸까요.

어머니는 아무 잘못도 없습니다.

어머니의 눈에 눈물이 차올랐습니다.

"어머니."

"더는, 안 될 것 같아. 만약 엄마가 죽으면, 겐츠 아저씨에게 가렴. 그분이라면, 분명 도와주실 거야."

어머니가 괴로워하며 말씀하셨습니다.

어머니가 돌아가신다?

생각하고 싶지 않습니다.

"미안하다, 얘들아. 이런 엄마라서."

비쩍 마른 손으로 우리의 손을 잡으셨습니다.

겐츠 아저씨가 나간 후 얼마나 시간이 지났을까요.

돌아오시지 않습니다.

몇 분 정도일지도 모르지만 이미 몇 시간이나 지난 것 같은 느낌이 들었습니다.

얼른, 돌아와 주세요.

"으윽."

어머니가 또다시 괴로워하시기 시작했습니다.

누가 좀 도와주세요.

슈리의 작은 손이 나의 손을 강하게 잡았습니다.

제가 포기해선 안 됩니다.

"슈리."

슈리의 눈을 바라보았습니다.

불안한 눈빛을 하고 있었습니다.

“어머니의 손을 잡아드려.”

내 손을 잡고 있었던 손으로 어머니의 손을 잡게 했습니다.

“언니?”

“어쩌면 유나 언니라면.”

어머니는 슈리에게 맡기고, 저는 유나 언니네 집으로 달렸습니다.

지쳤다는 소리는 할 수 없습니다.

유나 언니의 집, 곰 하우스가 보였습니다.

저는 노크도 하지 않고 문을 열었습니다.

“유나 언니!”

집 안으로 들어가자 유나 언니가 있었습니다.

“왜 그러니?”

“유, 유나, 언니, 어, 어머니가…….”

안 되겠어요. 말이 제대로 나오질 않습니다.

“진정하렴.”

“어머니가 아파하셔서…… 약을 드렸는데도……, 낫질 않아서…… 겐츠 아저씨한테도 갔는데…… 약을 찾아주겠다고 말씀하시고 돌아오시지 않아서…… 저, 저, 어쩌면 좋을지…….”

유나 언니의 얼굴을 보니 눈물이 멈추지 않습니다.

여기로 오긴 했지만 유나 언니는 의사 선생님도 약사 선생님도 아닙니다.

하지만 유나 언니라면 어떻게든 해주지 않을까 생각했습니다.

유나 언니는 부드럽게 제 머리에 손을 올렸습니다.

"응, 알았으니까 피나네 집으로 안내해 주겠니?"

유나 언니가 부드럽게 미소를 지으며 말했습니다.

저는 유나 언니를 집으로 안내했습니다.

집에 도착해 안으로 들어가자 겐츠 아저씨가 계셨습니다.

혹시, 약을 구하신 걸까요.

"피나, 거기다 곰 아가씨도—."

"겐츠 아저씨?!"

"늦어서 미안하다."

"어머니의 약은요?"

"미안하구나."

겐츠 아저씨는 고개를 숙였습니다.

그렇게 간단하게 약을 얻을 수 있었다면 진즉에 겐츠 아저씨가 가지고 계셨을 겁니다.

그러니 겐츠 아저씨께 화를 낼 수는 없습니다.

저는 어머니에게 다가갔습니다.

지켜보기 힘들 정도로 괴로워하시고 있었습니다.

"겐츠, 만약 내게, 무슨 일이, 생긴다면, 딸들을 부탁해요."

"무, 무슨 소리야! 만약이라니!"

"겐츠, 당신에게는 여러 가지로, 폐를, 끼쳤네요. 약도 그렇고, 피나도 보살펴 줘서 고마워요."

"괜찮아. 한숨 푹 자면 나아질 거야. 더는 말하지 마. 그때까지 아이들은 내가 보살필게. 그러니 당신은 얼른 낫기나 해."

"슈리…… 피나……, 얼굴을 보여주렴."

""어머니!""

눈물 때문에 어머니의 얼굴이 보이지 않았습니다.

어머니는 힘없는 손으로 우리를 안아주셨습니다.

"아무것도 해주지 못해서 미안해. 그리고 고마워, 피나, 슈리."

어머니가 눈을 감았습니다.

"겐츠, 고마웠어."

이제 눈을 뜰 수도 없는 것 같았습니다.

어머니의 손을 꽉 쥐었습니다.

하지만 어머니는 손을 맞잡아주시지 않았습니다.

정말 이대로 눈을 뜨지 않으실지도 모릅니다.

다시는 이름을 불러주시지 못하는 건가요.

어머니, 어머니, 어머니.

눈물이 멈추질 않습니다.

주르륵.

뒤에서 이상한 소리가 들렸습니다.

돌아보니 유나 언니가 손뼉을 치고 있었습니다.

“일단, 셋 다 진정하세요.”

“유나 언니?”

“가능할지 모르지만 진찰할 테니까 비켜보렴.”

유나 언니는 우리를 침대에서 물러나게 했습니다.

“조금만 참으세요.”

유나 언니는 어머니의 몸 위에 곰돌이 장갑을 낀 손을 올렸습니다.

“큐어.”

어머니의 몸이 빛났습니다.

그 빛은 무척 아름다웠고, 마치 그 자리에 신이 있는 것처럼 온기가 느껴졌습니다.

어머니의 호흡이 잦아들었습니다.

믿기질 않습니다.

조금 전까지만 해도 고통스럽게 숨을 쉬시던 어머니가 진정됐습니다.

“힐.”

그리고 다른 마법을 읊었습니다.

어머니의 눈이 천천히 뜨였습니다.

그리고, 아무 일도 없었다는 듯 침대에서 몸을 일으키셨습니다.

"……아프지 않아."

"어머니!"

저는 어머니에게 달려갔습니다.

"아무래도 성공한 것 같네."

"아가씨, 뭘 한 거야? 마치 고위직 신관님 같았어. 아니지, 지금은 그건 됐고. 아가씨, 고마워요."

겐츠 아저씨가 고맙다는 말을 전했습니다.

맞습니다. 저는 아직 감사 인사를 전하지 않았습니다.

"유나 언니, 고마워요."

그 뒤로 겐츠 아저씨와 어머니가 함께 감사의 마음을 전했습니다.

맞아요. 예전에 겐츠 아저씨에게 들었습니다.

어머니의 병을 고치려면 많은 돈을 내고 신관님께 부탁드릴 수밖에 없다고 하신 적이 있습니다.

그 금액이 엄청난 액수였다는 것을 기억하고 있습니다.

저희 집에 그럴 돈은 없습니다.

하지만 유나 언니는 어머니의 생명의 은인이십니다.

제가 할 수 있는 게 있다면 평생에 걸쳐서라도 보답할 것입니다.

하지만 유나 언니의 말은 달랐습니다.

"딱히 돈은 필요 없어요. 저는 피나의 미소를 지켜주고 싶었을 뿐이에요."

또다시 울 것 같아졌습니다.

저는 앞으로 살면서 유나 언니에게 받은 은혜에 보답할 수 있을까요?

"하지만, 그래서는……."

"그렇지, 내가 할 수 있는 거라면 무엇이든 말하게."

"저도 다 낫는 대로 무엇이든 할게요."

맞습니다. 아무리 유나 언니가 보답이 필요 없다고 해도 그래선 안 됩니다.

저도 할 수 있는 게 있다면 뭐든 할 겁니다.

하지만 겐츠 아저씨와 어머니가 「무엇이든」이라고 말씀하시는 순간, 유나 언니의 입 꼬리가 올라간 것처럼 보였습니다.

"그럼 두 분밖에 못하는 일을 부탁할까요?"

유나 언니가 그렇게 말을 꺼냈습니다.

방 안 공기가 무거워졌습니다.

무슨 말을 하실까요…….

유나 언니는 방을 둘러보더니 마지막으로 저와 슈리에게 시선을 꽂았습니다.

"피나, 동생이랑 같이 맛있는 것 좀 사 오렴. 어머니가 영양가 있는 걸 드시게 해야지."

유나 언니는 그렇게 말하더니 돈을 건네주었습니다.

저희에게는 들려주고 싶지 않은 이야기인 걸까요.

유나 언니는 어머니와 아저씨에게 무슨 말을 하시려는 걸까요.

하지만 유나 언니의 말대로, 건강을 되찾은 어머니께 영양가 있는 음식을 드리고 싶기도 했습니다.

결국 슈리를 데리고 영양가 있는 음식을 찾으러 가기로 했습니다.

신경은 쓰였지만 어쩔 수 없습니다.

33 곰 씨, 군것질을 하다

피나네 어머니의 이름은 티루미나라고 했다.

티루미나 씨의 건강 상태는 양호했다. 확실히 완치된 것이리라.

게다가 티루미나 씨와 겐츠 아저씨는 결혼하기로 했다.

지금은 넷이서 살 집을 찾고 있다.

기존의 피나네 집은 넷이서 살기엔 너무 좁았고, 겐츠 아저씨네 집도 좁은 모양이었다.

하지만 어째서인지 피나와 슈리가 곰 하우스에 있었다.

"으~음, 왜 너희가 여기 있는 거니?"

"겐츠 아저씨, 가 아니라, 아버지랑 어머니 두 분만 있게 해드리고 싶어서요."

그게 10살짜리 여자아이가 생각할 일이야?

"불편하세요?"

"그런 건 아닌데, 가족이 같이 있는 것도 중요하잖아."

"집을 찾으면 넷이서 살 거니까 염려 안 하셔도 돼요."

"근데 왜 공부를 하고 있는 거야?"

그렇다. 곰 하우스에서 슈리가 글공부를 하고 있었다.

"저는 어머니께 글을 배웠어요. 하지만 어머니가 아프신 뒤로 슈리는 글을 배울 수 없게 됐고, 저도 집안일에다 돈도 벌어야 해서 슈리를 가르칠 수가 없었거든요."

하지만 공부라고 해 봤자 더러운 종이에 글자를 쓰고 있을 뿐이었다.

글자를 적을 연필도, 연습할 종이도 없었다.

글자를 보고 외울 뿐이었다.

이렇게 해서 외울 수 있을까?

"그럼, 같이 필기도구 사러 가자."

"네?"

"그런 방법으로 공부하면 시간이 오래 걸리잖아."

"하지만……."

피나가 무슨 생각을 하고 있는지는 손바닥 보듯이 뻔했다.

"돈 걱정이라면 괜찮아. 결혼 축의금인 셈 칠게."

"결혼하는 건 어머니신걸요?"

"자잘한 부분은 신경 쓰지 마."

두 사람을 데리고 곰 하우스를 나왔다.

두 사람은 사이좋게 손을 잡고 있었다. 사이좋은 자매다.

우선은 책방으로 향했다.

"실례합니다!"

책방 할머니에게 말을 걸었다.

“이런. 그렇게 큰 소리로 말하지 않아도 다 들려.”

“죄송해요, 어린이용 그림책 있나요? 글자 공부를 하려고 하는데요.”

“그림책, 글자 공부 말이니? 그거라면 이거랑 이거, 그리고 저거이려나?”

할머니가 그림책 세 권과 글자 표 같은 것을 가지고 왔다.

일단 전부 사기로 했다.

“고맙구나.”

물건을 받고 가게를 나왔다.

다음으로 잡화점에서 종이와 필기구를 샀다.

얼추 필기구는 구했고, 배가 살짝 고파서 광장에 있는 포장마차에서 군것질을 하기로 했다.

광장으로 가자 다양한 포장마차가 늘어서 있었다.

맛있는 냄새가 여기저기서 풍겨 왔다.

광장에 들어서서 가장 가까운 포장마차로 향했다.

꼬치구이를 팔고 있었다. 맛있는 냄새가 났다.

“아저씨, 3개 주세요.”

“아니, 곰 아가씨잖아. 3개라고 했지? 자! 매번 고마워.”

아저씨가 꼬치구이 3개를 건넸다.

나는 그것을 하나는 입에 물고, 나머지를 피나와 슈리에게 건넸다.

"고맙습니다."

"고마워요."

"다음은 저기로 가자."

포장마차가 나열되어 있는 광장을 보고 다음 사냥감(먹을거리)을 찾았다.

"곰 아가씨! 야채 스프는 어때?"

가까운 포장마차에서 말을 걸어왔다.

큰 냄비 가득 담긴 따끈따끈한 스프가 무척 맛있어 보였다.

"네. 3개 주세요."

"고마워~."

나무 그릇에 따뜻한 야채 스프를 담아 건넸다.

그릇은 다 먹은 뒤 반납하는 시스템이었다.

스프를 받아 두 사람에게 건넸다.

"곰 아가씨. 스프에 빵은 어때?"

"능글맞구먼. 곰 아가씨, 여기 구운 고기는 어때?"

이번엔 주변 포장마차에서 말을 건네 왔다.

"그럼 여기 갓 짠 과일 주스는 어때?"

다양한 과일 주스를 팔고 있는 언니도 끼어들었다.

"좋아요. 오늘은 빵을 먹고 싶으니 작은 빵 3개 주세요."

"오, 고마워."

빵을 팔고 있는 아저씨가 고맙다고 말하곤 빵을 건네주었다.

사지 않은 가게에게는 미안하다고 해야지.

"다음에 사러 올게요."

"괜찮아."

"다음엔 사 먹으러 와줘."

빵을 받고 주변 포장마차 사람들에게 인사를 건넨 뒤 근처에 있는 한적한 벤치에 앉았다.

최근, 광장에서 쇼핑하는 일이 늘어서 그런지 포장마차 사람들과 안면을 트게 되었다.

이 곰 차림 때문일지도 모르지만, 광장을 걷고 있으면 말을 걸어오는 일이 날이 갈수록 늘고 있었다.

그래서 군것질을 자주 하게 되었다.

살이 찌지 않으면 좋겠는데…….

곰 옷 위로 뱃살을 꼬집어보았다.

괜찮다고 믿고 싶었다.

살이 찌지 않는 스킬이라도 있으면 좋겠는데.

"그럼 먹어볼까?"

"고마워요. 유나 언니."

"고맙습니다."

슈리가 언니를 따라 고맙다는 인사를 했다.

둘 다 귀엽네.

셋이서 천천히 스프와 빵을 먹었다.

스프에는 여러 채소가 들어 있었다. 이 세계의 식자재는 일본의 것과 쏙 닮아 있었다. 당근, 무, 양배추, 오이 등의 채소는 본 적이 있다.

하지만 일본인으로서 중요한 쌀이나 간장, 된장이 보이지 않았다.

라면이나 다른 면 종류도 먹고 싶었다.

밀가루는 있는 것 같으니, 우동 정도라면 어딘가에 있으려나?

하지만 이 스프와 빵도 충분히 맛있었다.

다 먹은 뒤, 공부하러 곰 하우스로 돌아가기로 했다.

다음 날, 군것질한 것을 들켜 티루미나 씨와 겐츠 아저씨에게 혼났다.

피나와 슈리가 모처럼 준비한 저녁을 먹지 않았던 모양이다.

군것질은 너무 많이 하지 않도록 주의해야지.

하지만 필기구를 사준 것은 고맙다고 인사 받았다.

34 곰 씨, 이사를 도와주다.

피나네 가족이 살 새로운 거처가 정해졌다.

장소는 겐츠 아저씨의 희망대로 모험가 길드 근처로, 홀로 외로이 저축했던 돈으로 집을 샀다고 한다.

오늘은 이사를 도와주기 위해 피나네 집에 왔다.

"가지고 갈 건 여기로 주세요. 자잘한 거는 한꺼번에 상자에 넣고요."

짐이 들어 있는 상자를 곰 박스에 넣었다.

"이 테이블도 가지고 갈 거예요?"

"새로운 걸 살 돈이 없으니까 부탁할게."

"그럼 이 의자도 가지고 갈게요."

"부탁해."

티루미나 씨의 지시에 따라 짐들을 곰 박스에 넣었다.

그러는 동안에도 짐이 계속 옮겨져서 척척 넣었다.

피나와 슈리도 자신들의 짐들을 열심히 상자에 담았다.

"유나 언니. 침대를 부탁해도 될까요?"

"그래."

피나의 방으로 갔다. 방에 남아 있는 짐은 구석에 있는 상자 몇 개와 침대 하나뿐이었다.

"하나야?"

"네, 저랑 슈리는 같이 자거든요."

"그럼 다음엔 새 아버지에게 사달라고 해야겠네."

피나의 침대를 곰 박스에 넣었다.

하는 김에 티루미나 씨의 방으로 가서 마찬가지로 침대를 넣었다.

"그나저나 곰 아가씨의 아이템 봉투는 대단하네. 보통 큰 물건은 짐수레로 옮기거든."

뭐, 운영자(신)에게 받은 아이템이니까요.

그 후 각 방으로 가서 큰 가구를 담았다.

"옮길 짐은 이걸로 끝인가요?"

방 안은 이제 아무것도 없었다.

다른 방도 마찬가지였다.

"응, 고마워. 유나."

티루미나 씨가 고맙다는 말을 건넸다.

피나네 집 짐들은 끝난 것 같으니 다음은 겐츠 아저씨의 집으로 가기로 했다.

뭐지…….

남자 혼자 사는 집은 더럽다고 익히 들었다.

겐츠 아저씨도 그 말과 다를 것 없어 보였다.

그것보다 며칠 전부터 이사를 할 거라고 알고 있었으면서, 어째서 정리를 하지 않았는지 의문이었다.

"심하네."

티루미나 씨가 집 안을 보고는 나지막하게 중얼거렸다.

"미안."

고개를 숙이는 겐츠 아저씨.

"유나, 미안하지만 딸들을 데리고 새집에 가 있어줄래?"

"알았어요."

"피나, 먼저 너희 방 짐들을 내려놓고 있으렴. 방 배분은 어제 설명했으니 알겠지? 그리고 방은 어느 정도 청소했지만 세세한 부분까지는 안 했으니까 그것도 부탁할게. 정리는 잠자리를 우선으로 하고. 그게 끝나면 가구 배치는 너에게 맡길 테니까 다른 방 정리도 부탁해. 나도 이 집 정리가 다 되면 갈게."

티루미나 씨는 그렇게 말하며 피나에게 집 열쇠를 건넸다.

그리고 내 쪽을 봤다.

"유나, 미안하지만 짐들을 내려놓고 한 번 더 여기로 와줄 수 있을까?"

"네."

"그럼, 다들 부탁할게."

역시 어른 여성, 두 아이를 가진 주부였다. 지시를 척척 내렸다.
우리는 피나네 가족이 새롭게 살 집으로 향했다.
지리적으로는 길드와 전에 내가 묵었던 여관의 중간 지점이었다.
"여기예요."
이전 집보다 한층 더 큰 집이었다.
티루미나 씨에게 받은 열쇠로 문을 열었다.
미리 청소를 했는지 먼지가 전혀 없었다.
"유나 언니. 청소 도구를 꺼내주실 수 있나요?"
나는 청소 도구를 꺼냈다.
피나가 양동이를 가지고 부엌으로 가서 물 마석을 통해 물을 받았다.
"유나 언니, 2층으로 갈까요?"
셋이서 2층으로 올라갔다. 2층에는 방이 두 개 있었다. 피나는 2층의 오른쪽 방으로 들어갔다. 방 크기가 3평 이상은 됐는데, 일본인 감각으로 말하자면 조금 넓은 방이었다.
피나는 창문을 열어 환기를 시켰다.
"슈리, 다른 방 창문도 열어 둬. 다 열면 청소 부탁할게."
슈리는 고개를 끄덕이고 방에서 나갔다.
"유나 언니, 짐들을 부탁드릴게요."
나는 피나의 지시대로 가구, 침대를 꺼냈다.

다소 비뚤어져도 곰 힘을 사용하면 이동이 가능했다.

마지막으로 피나, 슈리의 짐이 든 상자를 꺼냈다.

그 후 티루미나 씨가 사용할 방으로 가서 침대, 가구, 짐들을 바닥에 두었다.

자잘한 짐들은 나중으로 미루고 1층으로 내려왔다.

그곳에서는 슈리가 작은 몸으로 열심히 청소를 하고 있었다.

부엌에서 테이블, 의자, 식기 등을 꺼냈다.

모르는 물건은 1층에 있는 빈 방에 두었다.

"피나, 짐들은 이게 다야. 나는 겐츠 아저씨네 집으로 갈게."

"고맙습니다."

"고마워요."

피나, 슈리가 고맙다고 인사를 했다.

"너희도 열심히 해."

겐츠 아저씨네 집에 도착하니 상자가 산더미처럼 쌓여 있었다.

일단 상자에 넣고 본 것 같았다.

"유나, 거기에 있는 짐들 좀 부탁해도 될까?"

티루미나 씨의 지시에 따라 짐들을 곰 박스에 넣었다.

방에 있는 겐츠 아저씨를 보니 지친 기색이 역력했다.

그럼에도 티루미나 씨의 지시를 순순히 따르며 정리하고 있었다.

이미 아내에게 꽉 붙잡힌 모양이다.

짐을 차례차례로 넣자 끝이 보였다.

마지막 짐을 곰 박스에 넣고 끝이 났다. 이것으로 겐츠 아저씨의 집도 텅 비게 되어 새로운 거처로 향했다.

집 안으로 들어가자 산더미처럼 있던 짐들이 반 이상 정리되어 있었다.

우리가 집에 들어온 것을 보고 피나와 슈리가 다가왔다.

"피나, 슈리, 수고했어. 꽤 많이 치웠네."

"하지만 아직 안 끝났어요."

"하루 만에 끝낼 수는 없어. 우선 오늘은 잠자리만 확보하자. 유나, 가구 이외에 손으로 옮길 수 있는 건 1층 구석에 있는 방에 부탁해. 그 외에는 지정된 장소에 부탁하고."

일단 겐츠 아저씨네 집에서 가지고 온 큰 짐들을 각각의 방에 배치했다.

정해진 방에 둘 짐은 구석에 놓고, 나중에 정리하려는 모양이었다.

어디에 둘지 정하지 않은 짐들은 조금 전 1층에 있던 방에 두었다.

"우선 잘 자리는 확보했으니까 오늘은 여기까지만 하자."

티루미나 씨가 1층으로 내려와 피나에게 물었다.

"피나, 부엌하고 재료 준비는 다 됐니?"

"죄송해요. 아직, 정리 못했어요."

"아니야, 피나와 슈리는 열심히 했어. 어느 바보가 미리 정리하지 않았던 탓이니까 신경 쓰지 않아도 돼."

"미안."

고개를 숙이는 겐츠 아저씨.

"근데, 지금부터 식사를 준비하면 시간이 걸리겠지?"

"그럼 나가서 먹을까?"

겐츠 아저씨가 체면을 회복하기 위해 아이디어를 냈다.

"안 돼요. 넷이서 지내다 보면 앞으로 필요한 것도 생길 거예요. 나는 돈을 모아 놓은 것도 없으니 당신이 저금한 돈을 이런 일로 쓸 수는 없어요."

"하지만 지금부터 음식을 만들 수는 없잖아. 어떻게 하려고?"

두 사람이 서로를 노려보았다. 새로운 거처로 이사한 첫날부터 이혼은 참아줘요.

"아, 알았어요. 제가 낼 테니까 나가서 먹어요. 그러면 되죠?"

"이 이상 유나에게 신세를 질 순 없어. 짐들을 옮겨 준 것만으로도 너무 고마운데. 만약 이사하는 데 사람을 고용했다면 돈도 들었을 거고, 그렇다고 우리끼리 해결하기엔 침대 같은 큰 가구들을 옮기는 것만으로 며칠이 걸렸을 거야. 이사를 도와준 것만으로도 고맙게 생각해. 그렇게 도와준 네 돈으로 밥을 먹으러 가다니, 그런 창피한 일은 못 하지."

나는 신경 안 쓰는데.

분명 상식적인 사람이라면 그렇게 생각할지도 모른다.

병도 무상으로 낫게 해주고, 이사를 도와달라는 것도 무상으로 부탁했다. 게다가 식사까지 사게 하다니.

나라도 거절할 거다.

"그럼 우리 집에서 티루미나 씨가 요리를 만들어 주는 건 어때요?"

"유나네 집?"

"식자재도 마음껏 쓸 수 있으니까 맛있는 거 만들어 주세요."

"으~음. 그거라면 괜찮을 것 같네. 알았어. 맛있는 음식 만들어 줄게."

겨우 타협안을 찾아 모두 함께 곰 하우스로 향했다.

35 곰 씨, 곰 욕조에 들어가다

이사를 끝내고 곰 하우스에 도착했다.

"몇 번을 봐도 이 집은 정말 대단해."

티루미나 씨와 겐츠 아저씨는 곰 하우스에 몇 번 온 적이 있었다.

티루미나 씨의 병을 치료해줬을 때 집으로 찾아와 감사 인사를 했고, 피나의 해체 작업을 보고 싶다 하여 곰 하우스를 안내해줬다.

"그럼 부엌 좀 빌릴게. 피나, 도와줄래?"

"나도 할래요."

슈리도 요리를 도와주겠다고 말했다.

"재료는 마음껏 써도 돼요."

"응, 알았어. 원래는 재료도 우리가 돈을 내야 하는 건데."

"다 먹지 못할 정도로 많아서 그러는 거니까 신경 쓰지 마세요."

"매번 울프 고기도 받고 있는데, 은혜만 점점 늘어 가네."

티루미나 씨는 두 딸을 데리고 부엌으로 갔다.

남겨진 겐츠 아저씨와 나는 의자에 앉아서 기다리기로 했다.

"굉장한 집이야."

겐츠 아저씨가 주변을 둘러보며 작게 중얼거렸다.

"저건 타이거 울프의 모피인가."

피나와 처음으로 토벌하러 갔을 때 잡은 타이거 울프의 모피가 벽에 걸려 있었다.

또 다른 한 장은 내 방의 이불 대신으로 사용하고 있다.

“처음에 곰 아가씨를 봤을 때는 이런 대단한 아가씨일 줄은 생각도 못했지.”

겐츠 아저씨는 지난날을 회상하듯 이야기했다.

확실히 이세계에 온 지 한 달 이상의 시간이 지났다.

마을에서도 곰 차림은 이제 유명해졌다.

적응이란 무서운 것이다.

곰 차림을 하고서도 창피하지 않게 되었다.

『곰 아가씨』.

『곰 님』.

『곰탱이』.

『블러디 베어』.

불리는 방법도 다양하지만 전부 나를 가리키는 이름이었다.

해체는 아직도 무리지만 마물을 쓰러뜨리는 것에는 익숙해졌다.

현실 세계에서 게임을 했던 덕분이겠지.

피나와도 만났고, 이 세계에도 재밌는 일이 많았다.

그 뒤로 신에게서는 편지도 메일도 오지 않았지만, 이 세계로 데려와 준 것에 감사하고 있다.

"근데 곰 아가씨. 정말로 괜찮은 거야?"

"네?"

"집 말이야."

"아, 그거요?"

겐츠 아저씨가 사는 새로운 거처의 땅은 내가 결혼 축하 선물로 사주었다.

건물은 겐츠 아저씨가 지금껏 혼자 저금한 돈으로 사기로 했다.

"딱히 상관없어요. 그저 제가 없어진 뒤에 겐츠 아저씨가 죽고 셋이서 길바닥에 나앉는 모습이 보고 싶지 않을 뿐이에요. 집이 있으면 사는 곳만은 곤란하지 않잖아요."

"어이 이봐, 멋대로 나를 죽이지 마. 앞으로 나에겐 빛나는 미래가 기다리고 있어. 그런 불행한 미래는 기다리고 있지 않다고."

"그렇다면 다행이고요. 확실하게 세 사람을 지켜주세요. 만약 지키지 못하면 어떻게 될지 아시죠?"

"물론이지. 죽은 로이에게 맹세코 세 사람은 지킬 거야."

로이 씨는 티루미나 씨의 죽은 남편이었다. 즉, 피나와 슈리의 아버지였다.

젊었을 적 세 사람은 같은 파티의 멤버였다. 두 사람의 결혼과 동시에 파티가 해체되었고 겐츠 아저씨는 길드에서 일하게 되었다고 한다.

하지만 몇 년 후, 티루미나 씨가 슈리를 임신했을 때 로이 씨 혼자서 의뢰를 받았다가 목숨을 잃었다.

그 이후, 겐츠 아저씨는 티루미나 씨의 가족을 남몰래 지켜 왔다.

그 무렵부터 티루미나 씨를 좋아하게 됐다고 한다.

겐츠 아저씨에게 옛 이야기를 듣고 있는데 피나와 슈리가 요리를 가져왔다.

각 요리마다 따뜻한 온기가 풍기는 모습이 맛있어 보였다.

마지막으로 티루미나 씨가 큰 접시에 담긴 요리를 가지고 왔다.

"기다렸죠? 많이 있으니까 마음껏 들어요."

돌아온 세 사람은 각자의 의자에 앉았다.

"유나, 재료를 너무 많이 써버렸어. 미안."

"괜찮아요. 재료는 많이 있으니까."

"그리고 저 곰 냉장고 진짜 좋네. 채소나 고기가 상하지 않겠어."

곰 냉장고, 내가 만든 곰의 모습을 한 냉장고다.

얼음 마석을 사 와서 내가 만들었다.

이 세계의 냉장고와 일본의 냉장고는 편이성도, 성능도 달랐기 때문에 직접 만들게 된 것이다.

"결혼 축하 선물로 드릴게요."

"고맙지만, 갚지 못하는 은혜만 점점 늘어나는걸."

"다 갚지 못하시면 따님을 받을게요."

나는 고기를 먹고 있는 피나 쪽을 봤다.

"어머, 이런 딸이라도 괜찮겠어?"

티루미나 씨도 피나 쪽을 봤다.

"솔직하고 귀엽고, 일도 잘 하고, 가족도 생각하고, 요리도 할 줄 알고, 마석 채취도 할 수 있는 대단한 따님인데요."

내가 피나를 칭찬하자 피나가 젓가락질을 멈췄다.

"읏, 어머니도, 유나 언니도 그만하세요."

피나는 부끄러워하며 얼굴을 숙였다.

"어떡해야 10살짜리 딸이 이렇게 자랄 수 있죠?"

"아마 내 탓이겠지. 내가 아파서 이 아이에게 부담을 짊어지게 한 탓에 보통 아이들보다도 열심히 하게 됐을 거야. 내 간병, 동생 돌보기, 집안일, 겐츠 씨네 일. 이 아이에게는 어린아이다운 것들을 시키지 못했어."

"전 부담이라고 생각하지 않아요."

"글쎄, 그런 생각이 가능한 시점에서 이미 10살답진 않을 거야."

"열심히 한 건 저뿐만이 아니에요. 슈리도 도와줬어요."

피나는 그렇게 말하며 옆에서 열심히 밥을 먹고 있는 동생의 얼굴을 쓰다듬었다.

"그렇지. 슈리도 열심히 도와줬지."

티루미나 씨는 기쁜 듯 딸들을 바라봤다.

식사를 마친 후, 티루미나 씨가 정리까지 해주었다.

지금은 식후 오렌 과즙을 마시며 휴식을 취하고 있다.

"슬슬 돌아갈까."

티루미나 씨가 자리에서 일어섰다.

"이미 시간도 늦었고 자고 가시는 게 어때요? 방도 있어요. 게다가……."

나는 슈리 쪽을 바라봤다. 슈리는 살짝 졸고 있었다.

"슈리, 이사도 열심히 도와줬지."

"으~음."

티루미나 씨는 슈리를 보면서 고민했다.

"불편하지 않겠니?"

"다들 이사하느라 먼지랑 땀으로 지저분하잖아요. 지금부터 돌아가서 목욕 준비하는 것도 일이지 않아요?"

내 말에 티루미나 씨는 한 번 더 생각에 빠졌다.

"그러게. 그럼 부탁해도 될까?"

이 세계에서도 목욕은 나름대로 보편화되어 있는 모양이었다.

어지간히 못살지 않는 한 욕조는 갖춰져 있다고 한다.

그것도 마석 덕분이었다. 불과 물의 마석으로 욕조에 따뜻한 물을 간단히 채울 수 있었다. 마법 세계도 과학 세계와 마찬가지로 편리한 세계였다.

목욕 준비는 티루미나 씨가 식사를 만들고 있는 동안 미리 했기 때문에 언제든지 들어갈 수 있었다.

"그럼 목욕 준비는 되어 있으니까 셋이서 들어가도 돼요. 방은 나중에 안내해드릴게요."

"셋이나 들어갈 수 있어?"

욕조를 만들 때, 소환수인 곰돌이와 곰순이가 더러워지면 씻을 공간으로 쓰기 위해 크게 만들었었다. 하지만 역소환을 하고 다시 소환하면 지저분한 게 사라진다는 것이 판명되었기에 이용하는 일은 없었다.

"문제없어요. 피나, 안내해드려."

"유나 언니도 같이 들어가요. 어머니도 괜찮죠?"

"괜찮긴 한데, 들어갈 수 있겠니?"

"그럼요. 유나 언니네 곰 욕조는 넓거든요."

피나는 팔을 크게 벌리며 욕조의 크기를 표현했다. 피나는 해체 작업 등으로 더러워졌을 때 우리 집에서 여러 번 목욕을 했다.

"곰 욕조?"

"들어가 보시면 알아요."

피나는 내 손을 잡고 의자에서 일으킨 뒤 졸고 있는 슈리를 깨웠다.

슈리는 작게 하품을 하더니 의자에서 일어났다.
마지막으로 어머니의 손을 잡았다.
나는 욕실로 가기 전에 겐츠 아저씨 쪽을 바라봤다.
"겐츠 아저씨는 오지 마세요."
"안 가!"
그렇게 넷이서 욕실로 향했다.
"여기에서 옷을 벗으세요."
일본으로 말하자면 탈의실.
모두 옷을 벗어 바구니에 넣었다.
"유나……."
"네?"
티루미나 씨가 내 쪽을 봤다.
"유나가 후드를 벗은 모습은 처음 봤어."
"후드를 쓰고 있어도 얼굴은 보이잖아요?"
마을을 돌아다닐 때는 깊게 눌러쓰지만, 지인과 이야기를 나눌 땐 평범하게 썼다.
"그야 보이지만, 후드를 쓰고 있을 때와 벗었을 때의 인상이 확연히 달라. 이렇게 머리카락이 길 줄은 생각도 못했어. 여자는 헤어스타일로 인상이 바뀌잖아."
나는 머리를 매만졌다. 확실히 후드를 쓰고 있으면 허리까지 긴

머리카락은 보이지 않겠네.

“유나 언니 머리카락은 예뻐요.”

피나가 칭찬해주었다.

“그래그래. 발림소리는 됐으니까 욕조에 들어가자.”

“발림소리 아니에요.”

피나의 말을 무시하고 곰 옷을 벗은 후 욕실로 들어갔다.

욕조는 열 명은 거뜬히 들어갈 정도의 크기였다.

욕조의 좌우에는 하얀 곰과 검은 곰이 앉아 있었고, 그 입에서는 따뜻한 물이 나오고 있었다.

가끔 온천에 가면 동물의 입에서 따뜻한 물이 나왔던 것에서 힌트를 얻어 만들었다.

물론, 방구석 폐인인 내가 온천 같은 곳에 간 적은 없었다. TV에서 본 적이 있었던 것뿐이다.

“진짜 곰 욕조네.”

티루미나 씨가 따뜻한 물이 나오고 있는 곰을 보고 말했다.

“욕조에 들어가기 전에 몸을 닦으세요.”

“비누도 있네. 마치 귀족들의 욕실 같아.”

“슈리, 몸 닦아 줄 테니까 이쪽으로 와.”

슈리는 언니인 피나가 있는 곳으로 갔다.

피나는 슈리를 의자에 앉히고 슈리의 머리부터 씻겼다.

그런 모습을 티루미나 씨가 바라보는데, 딸의 몸을 못 씻겨준 걸 아쉬워하는 것 같았다.

그리곤 내 쪽을 봤다.

"유나, 씻겨 줄까?"

"혼자서 할 수 있어요. 따님들이나 씻겨주세요."

"하지만 이 예쁜 검은 머리카락은 길어서 씻는 것도 일이지 않아?"

"귀찮긴 해도 혼자서 할 수 있어요."

머리카락을 기른 지 몇 년, 씻는 것에도 익숙해졌다.

피나가 씻고 있는 옆자리에 앉아 몸도 씻고 머리도 감았다.

먼저 다 씻은 슈리는 혼자서 이미 욕조에 몸을 담그고 있었다.

피나는 자신의 몸을 닦으려고 한 순간 티루미나 씨에게 붙잡혀 씻겨지고 있었다.

나는 다 씻고 두 번째로 욕조에 몸을 담갔다.

그 뒤로 피나, 티루미나 씨가 차례로 들어왔다.

"근데 유나는 몸매가 참 좋네."

"그런가요?"

허리는 가늘지만 가슴이—.

"가슴은 아쉽지만."

생각하고 있었던 것을 먼저 들어버렸다.

가슴의 크기는 피나보다 조금 큰 정도였다.

열 살짜리 소녀와 비교하는 것도 이상하지만…….

"곧, 봉긋해질 예정이에요."

"무리…… 아닐까?"

그럴 리가 없습니다.

아직 커질 가능성이 몇 년은 남아 있다고요.

"저는 커질까요?"

피나가 대화에 참가했다.

나는 티루미나 씨와 피나를 비교해서 봤다.

"꿈을 가지는 건 자유야."

"어쩐지 심한 말을 들은 것 같은데."

티루미나 씨는 그다지 크지 않은 자신의 가슴을 바라봤다.

침대에 누워 있었던 때와 비교하면 살이 붙은 것 같긴 했지만, 티루미나 씨는 아직 마른 편이었다.

"걱정하지 않아도 돼. 피나의 가슴은 나와 달리 커질 거야."

"저는 유나 언니 정도가 좋아요."

크흡!

피나를 끌어안았다.

피나와의 우정이 깊어진 순간이었다.

이런저런 이야기를 나누고, 머리를 수건으로 감싼 후 욕조에서 일어났다.

밖으로 나가니 겐츠 아저씨가 혼자서 쓸쓸하게 있었다.

그리고 이쪽을 보더니—.

"너희, 너무 길잖아!"

온 집 안에 겐츠 아저씨의 외침이 울려 퍼졌다.

36 곰 씨, 드라이어를 사용하다

“그럼 다음은 내가 들어갈게.”

겐츠 아저씨는 혼자서 욕실로 향했다.

우리는 수건으로 머리의 수분을 흡수시키며 머리를 말렸다.

이대로라면 머리를 말리는 데 오래 걸리므로 내 방으로 가서 드라이어 비슷한 물건을 가지고 나왔다.

흙 마법으로 드라이어 모양을 만들고 내부에 불과 바람의 마석을 넣은, 드라이어와 비슷한 물건을 만든 것이다. 그렇지 않으면 나의 이 긴 머리카락은 말리기 성가셨다. 어딘가에서 팔고 있을 가능성도 있었지만 상점을 찾는 것도 귀찮았기 때문에 직접 만들었다.

“피나, 이쪽으로 와볼래?”

“왜 그러세요?”

“뒤쪽으로 앉아봐.”

피나는 순순히 다가와 뒤돌아 앉았다.

어깨보다도 조금 긴 머리카락이 내 앞에 늘어졌다.

드라이어를 잡고 스위치 대신 마력을 담았다.

드라이어에서 따뜻한 바람이 나왔다.

"꺄! 뭐예요?"

피나는 작게 비명을 지르더니 뒤를 돌아봤다.

"따뜻한 바람을 내서 머리카락을 말리는 도구야."

피나의 손에 바람을 보내 안전하다는 것을 증명해 보였다.

"따뜻하네요."

"알았으면 앞에 보고 있어."

피나는 다시 순순히 앞으로 몸을 돌렸다. 피나의 머리카락을 말려준 뒤, 슈리의 머리를 말려주기로 했다.

"슈리, 이쪽으로 와."

슈리는 순순히 피나가 앉아 있던 곳에 앉았다. 자매가 모두 순순히 머리를 맡겼다. 슈리의 머리카락은 피나보다도 조금 길었다.

"유나 언니. 편리한 도구를 가지고 계시네요."

"머리카락이 길면 말리는 것도 일이라서 만들었어."

"끝나면 나에게도 빌려주겠니?"

티루미나 씨의 머리카락은 등까지 올 정도로 길었다.

"알겠어요."

슈리의 머리도 다 말리고 티루미나 씨에게 드라이어를 빌려주었다.

"먼저 해도 돼?"

내 머리는 수건으로 감겨 있어 아직 말리지 않은 상태였다.

"저는 시간이 걸리니까 나중에 해도 돼요."

"그럼 감사히 쓸게."

드라이어를 빌린 티루미나 씨는 머리를 말렸다. 그 모습을 두 딸이 옆에서 보고 있었고, 그 광경을 보니 미소가 지어졌다.

티루미나 씨의 머리도 마르고, 내가 머리를 말리고 있자 겐츠 아저씨가 욕실에서 나왔다.

"물이 좋네. 저 곰한테는 놀랐지만 말이지. 아가씨, 고마워."

"마음에 들었다니 다행이네요."

겐츠 아저씨가 내 쪽을 보고 멈춰 있었다.

"왜 그러세요?"

"곰 아가씨. 후드를 벗으니까 전혀 다르네."

"그래요?"

"후드 때문에 머리카락이 그렇게 긴 줄은 몰랐어. 사람은 머리로 인상이 바뀌잖아."

티루미나 씨와 똑같은 말을 했다.

"후드를 쓰고 있는 유나는 귀여운 느낌이었는데, 긴 머리의 모습을 보니 아름답게 변한 것 같아."

"그렇죠? 피나도 그렇게 생각해요!"

"칭찬하셔도 아무것도 안 나와요."

"이렇게 예쁜 머리카락을 가졌는데 숨기고 있었다니, 아깝네."

아무리 그래도 인형 옷을 입지 않으면 약하다고 말할 수는 없었기에 입을 다물었다. 이것만은 알려줄 수 없으니까.

내가 머리를 말리고 있자 중간부터 피나도 도와줬다.

"피나, 고마워."

머리도 다 말렸으니 오늘 잘 방을 안내했다.

네 사람을 데리고 2층으로 올라왔다.

"겐츠 아저씨는 안쪽 방을 쓰세요. 세 사람은 침대가 두 개밖에 없지만 옆방을 써주시겠어요?"

"네, 저랑 슈리는 같이 자니까 괜찮아요."

나는 겐츠 아저씨를 봤다.

"겐츠 아저씨."

"왜 그러니?"

"아이들이 옆에서 자고 있는데 티루미나 씨 침대로 침입하지는 마세요."

나는 진지한 얼굴로 겐츠 아저씨에게 말했다.

"그런 짓 안 해!"

"참고로 아저씨 방으로 부르는 것도 안 돼요. 더러워진 이불을 빨긴 싫어요."

"나도 그런 걸 너한테 빨게 하고 싶진 않아."

"그러니까 티루미나 씨도 겐츠 아저씨 방에는 가지 마세요."

"알고 있어. 남의 집에서 그런 짓을 할 리가 없잖니. 더군다나 딸들도 있는데. 게다가 오늘은 지쳤으니 나도 잘 거야. 오늘은 정말 고마워."

"유나 언니, 안녕히 주무세요."

"잘 자."

세 사람은 방으로 들어갔다.

"나도 피곤하니 자야겠어. 오늘은 덕분에 살았어. 고마워."

겐츠 아저씨도 쑥스러운 듯 고맙다고 말하더니 방으로 갔다.

나도 방으로 돌아가 자기로 했다.

다음 날 아침, 눈을 뜨고 1층으로 내려가니 피나가 아침 식사를 준비하고 있었다.

"좋은 아침."

"좋은 아침이에요."

"빠르네."

"항상 가족들 아침 식사를 만들거든요. 아무리 더 자려고 해도 잠에서 깨버려요. 그리고 아침 식사를 멋대로 만들었는데……."

"재료는 딱히 신경 쓰지 않아도 돼. 그럼 다들 아직 자고 있는 거야?"

"겐츠 아저씨, 가 아니라 아버지는 일하러 가셨어요. 유나 언니에게 고맙다고 했어요."

티루미나 씨가 병이 심해져 급히 달려왔을 때도, 집을 구할 때도, 이사를 할 때도 일을 쉬고 있었다. 역시 며칠이나 쉴 수는 없었을 것이다.

"슈리랑 어머니는 자고 있어요."

"피곤하면 더 자게 두는 게 좋을 텐데."

티루미나 씨는 병이 다 나았다고는 해도 자리를 털고 일어난지 얼마 되지 않았다. 긴 시간 누워 있었기 때문에 체력은 떨어져 있을 것이고, 이사로 육체적으로 꽤 피곤할 것이다.

"괜찮아요. 슈리는 항상 그랬고, 어머니는 투병 생활이 길었기 때문에 아침에 약하시긴 하지만 깨우면 일어나셔요."

다시 말해 스스로 일어나지는 못한다는 거잖아.

"아침 식사도 준비됐으니 두 사람을 깨우러 갈게요."

피나는 슈리와 티루미나 씨를 깨우러 2층으로 갔다.

몇 분 후, 티루미나 씨와 슈리가 눈을 비비며 내려왔다.

"유나, 좋은 아침이야. 어제는 고마웠어."

아직 졸려 보이시네. 슈리도 졸려 하고 있고. 어제의 피로가 남아 있는 건가?

하지만 세수를 하고 잠에서 깬 두 사람은 의자에 앉아 피나가 만들어 준 아침을 먹기 시작했다.

아침 식단은 간단하게 채소를 빵 사이에 끼운 것과 우유였다.

그러고 보니 달걀 프라이를 먹은 적이 없네. 빵 사이에 끼워 먹으면 맛있는데.

하지만 마을에서 달걀을 본 적이 없었다.

"피나, 묻고 싶은 게 있는데."

"뭐예요?"

"달걀은 어디서 팔아?"

"네?"

"달걀 말이야. 달걀을 구워서 빵에 올려 먹으면 맛있으니까 달걀을 사고 싶은데, 파는 곳을 본 적이 없어서. 그러니까 파는 곳을 알고 있으면 알려줬으면 좋겠어."

"유나 언니. 그런 고급 식자재는 일반 상점에서는 팔지 않아요."

"그래?"

"맞아. 기본적으로 알은 고급 식자재라서 귀족이나 일부 부자들만 먹어."

티루미나 씨가 피나의 말에 설명을 덧붙여 주었다.

그래서 내가 가는 상점에서는 팔지 않았던 것이다.

"숲 같은 곳에 가서 알을 가져와야 되는데, 시간이 지나면 상해 버리니까 멀리서 운반해 오는 것도 불가능해. 마을 소유의 말로

운반해도 돈이 드니까 고급 재료가 돼서 우리 같은 서민들은 먹을 수 없어."

"으~음, 날지 않는 새를 잡아서 기른다거나 하는 건……."

"날지 않는 새? 날 수 있으니까 새인 거 아냐?"

이 세계에는 닭이 없는 건가?

어쩌면 여기는 닭이 없는 지역인가?

찾아보면 어딘가에 있으려나?

필요한 식자재 리스트에 닭과 달걀을 추가해 두어야겠다.

아침 식사를 마친 세 사람은 이삿짐을 마저 정리하기 위해 집으로 돌아갔다.

나도 도우러 가겠다고 했지만 사양했다.

"유나도 일을 해야 하잖아."

그런 말을 들었지만, 딱히 일하지 않아도 살아갈 수 있을 만큼의 돈은 있었다.

어느 훌륭한 사람이 말했다. 일을 하면 지는 것이라고.

그래도 이 세계를 즐기기 위해 재밌는 의뢰를 얻으러 모험가 길드에 가기로 했다.

37 피나, 새로운 아버지가 생기다

어머니께 맛있는 음식을 드리기 위해 장을 보고 돌아오니 유나 언니가 없었습니다.

돌아간 걸까요?

아직 감사 인사도 다 못했는데, 이 먹을 것을 산 것도 유나 언니의 돈인데, 그것도 감사하다고 말을 하지 못했습니다.

다음에 만나면 잊지 않고 말해야겠습니다.

그런데 어머니와 겐츠 아저씨, 두 분을 보니 어쩐지 얼굴을 붉히고 계셨습니다.

왜 그러시는 걸까요?

"으음, 피나, 슈리. 그…… 뭐냐. …… 새로운 아버지가 필요하진 않니?"

"아버지요?"

겐츠 아저씨가 이상한 질문을 하셨습니다.

아버지는 돌아가셨습니다.

새로운 아버지란 무슨 의미일까요?

"모르겠어요. 저는 아버지에 대해 기억나는 게 별로 없어서, 아버지가 필요하냐고 물으셔도……."

"모르겠어요."

슈리도 고개를 흔들었습니다.

겐츠 아저씨가 머리를 긁적이곤 우리들을 봤습니다.

"너희 엄마와 내가 결혼하기로 했단다. 피나, 슈리, 받아들여 주겠니?"

결혼?

"내가 너희의 아버지가 되고 싶어. 세 사람을 지켜주고 싶어. 곰 아가씨만큼 믿음직스럽지는 못하겠지만, 내가 너희를 지킬 수 있게 해주지 않겠니?"

"겐츠 아저씨?"

"피나, 슈리, 겐츠가 아버지가 되는 게 싫으니?"

어머니가 물었습니다.

잘 모르겠습니다.

하지만…….

"어머니를 행복하게 해주신다면."

슈리도 고개를 끄덕였습니다.

"그래, 행복하게 해줄게. 물론 너희들도 행복하게 해줄 거야. 그…… 고마워. 피나, 슈리."

겐츠 아저씨가 우리를 끌어안았습니다.

어머니와 겐츠 아저씨는 기뻐 보였습니다.

그 이후에는 힘들었습니다.

건강해지신 어머니가 침대에서 일어나려고 했습니다.

그래서 일어나려고 하시는 어머니를 침대에 눕히고,

요리를 하시려는 어머니를 침대에 눕히고,

청소를 하시려는 어머니를 침대에 눕히고,

외출을 하시려는 어머니를 침대에 눕혔습니다.

유나 언니가 당분간 안정을 취하라고 했습니다.

슈리에게 어머니를 지켜보도록 했습니다.

슈리도 어머니와 같이 있어 행복해하는 것 같았습니다.

그리고 아버지는 넷이서 같이 살 집을 찾으시는 모양입니다.

그 때문에 조금씩 이사 준비를 해야 했습니다.

어머니의 병이 낫고 며칠 후, 새로운 집도 찾게 되어서 이사를 하게 되었습니다.

유나 언니에게 어머니가 움직여도 좋다는 허가를 받았습니다.

이사 당일, 유나 언니도 도와주게 되었습니다.

사실 이사는 돈과 시간이 많이 걸리는 일입니다.

짐을 옮기기 때문에 손수레를 빌려서 몇 번을 왕복해야 합니다.

하지만 유나 언니의 아이템 봉투는 무엇이든, 어떤 크기든, 양이 얼마나 되든지 들어갑니다.

예전에 타이거 울프를 토벌하러 갔을 때 집이 나오거나 들어갔던 건 놀라웠습니다.

그렇게 유나 언니가 짐들을 척척 곰의 입에 넣었습니다.

짐들은 미리 준비해 두었던 것도 있어서, 오전 중에 전부 옮길 수 있었습니다.

그 후에는 아버지의 집으로 갔습니다.

굉장했습니다.

더러웠습니다.

엉망진창이었습니다.

어머니가 엄청 화를 내셨습니다.

어머니는 저와 슈리, 유나 언니에게 먼저 새집에 가서 정리를 하도록 부탁하셨습니다.

우리는 새집으로 향했습니다.

집에 도착하고 슈리에게 청소를 부탁했습니다.

저는 유나 언니에게 가구와 침대를 꺼내달라고 했습니다.

원래는 여럿이서 침대를 1층에서 2층으로 옮겨야 하는데, 유나 언니가 곰 인형에서 꺼내는 것만으로 끝났습니다.

유나 언니는 짐들을 다 꺼내곤 아버지의 집으로 갔습니다.

슈리와 둘이서 열심히 정리를 했습니다.

해가 저물기 시작한 무렵, 세 사람이 오셨습니다.

그리고 식사 이야기를 하게 되었습니다.

하지만 집 안은 아직 정리가 되지 않아 식사를 할 수 있는 상태가 아니었습니다.

그래서 아버지가 밖에서 먹자고 하셨지만 돈이 아깝다며 어머니에게 혼났습니다.

결국 유나 언니네 집에서 신세를 지기로 했습니다.

유나 언니는 왜 이렇게 친절한 걸까요.

식사를 마치고 유나 언니네 집에서 머물게 되었습니다.

우리는 이사하느라 지저분해져서 목욕을 하기로 했습니다.

유나 언니네 집의 욕조는 커서 네 명이 들어갈 수 있었습니다.

그리고 곰의 입에서 물이 나왔습니다.

아버지를 제외한 여자 넷이서 같이 욕조에 들어갔습니다.

유나 언니의 몸은 호리호리해서 가늘고 예뻤습니다.

허리 아래로 뻗은 검은 머리카락이 특히 예쁩니다.

저도 머리카락을 기르면 예뻐질까요.

욕조에 들어가자 가슴 이야기를 하게 됐습니다.

유나 언니는 봉긋해질 거라고 했습니다.

봉긋이라는 게 무슨 뜻일까요.

저는 유나 언니 정도의 가슴 크기가 좋다고 생각합니다.

가끔 어른들의 큰 가슴을 봤지만 방해가 되진 않을까요?

"저는 커질까요?"

어쩐지 유나 언니가 어머니의 가슴과 저의 가슴을 봤습니다.

"꿈을 가지는 건 자유야."

그리고 그런 말을 했습니다.

그런 유나 언니의 말에 어머니가 조금은 화를 내셨습니다.

그리고 어머니는 제 쪽을 바라봤습니다.

"걱정하지 않아도 돼. 피나의 가슴은 나와 달리 커질 거야."

"저는 유나 언니 정도가 좋아요."

그렇게 말한 순간 유나 언니에게 안겼습니다.

어쩐지 감격하고 있었습니다.

잘 모르겠습니다.

욕실에서 나오자 다음으로 아버지가 욕실에 들어갔습니다.

그동안 우리는 머리를 말렸습니다.

유나 언니의 머리카락은 길어서 말리기 힘들 것 같습니다.

제가 머리카락을 수건으로 말리고 있자 유나 언니가 이상한 모양의 도구를 가지고 왔습니다.

유나 언니가 뒤로 돌라고 해서 순순히 따랐습니다.

그러자 뒤에서 따뜻한 바람이 불어왔습니다.

저는 놀라서 이상한 소리를 질러버렸습니다.

유나 언니의 말에 따르면 따뜻한 바람을 내서 머리카락을 말리는 도구라고 했습니다.

그 바람은 따뜻해서 정말 기분 좋았고, 눈 깜짝할 사이에 머리카락이 말랐습니다.

다음으로 동생 슈리, 어머니 순서로 머리를 말렸고, 마지막으로 유나 언니가 머리를 말렸습니다.

이렇게 편리한 도구를 가지고 있는 유나 언니는 대단합니다.

모두의 머리카락이 마를 때쯤 아버지도 욕실에서 나왔고, 이사로 인한 피곤함도 있어서 자기로 했습니다.

아버지는 혼자서, 저와 슈리, 어머니는 함께 잤습니다.

그때 유나 언니가 이해가 안 되는 말을 했습니다.

어머니와 아버지가 같이 자면 이불이 더러워지니까 같이 자지 말라고 했습니다. 따로 자면 더럽혀지지 않는 걸까요?

다음에 어머니에게 여쭤봐야겠습니다.

다음 날 아침, 혼자 침대에서 일어났습니다.

어머니와 슈리는 자고 있었습니다.

두 사람이 깨지 않게 방에서 나와 1층으로 내려갔습니다.

아침 식사를 만들고 있자 아버지가 1층으로 내려오셨습니다.

아버지는 아침 식사를 혼자서 먼저 드시곤 일을 하러 가셨습니다.

길드 일은 아침 일찍 시작됩니다.

아버지가 일을 하러 집을 나서고 이어서 유나 언니가 내려왔습니다.

아침 식사 준비도 다 되었기 때문에 자고 있는 두 사람을 깨우러 갔습니다.

넷이서 아침을 먹고 있는데 유나 언니가 이상한 질문을 했습니다.

"달걀은 어디서 팔아?"

달걀이라면 새의 알을 말하는 걸까요?

그런 고급품은 일반적인 가게에서는 팔지 않습니다.

그것을 알려드리자 아쉽다는 얼굴을 했습니다.

그렇게 새알이 드시고 싶었던 걸까요.

아침 식사를 마치고 이삿짐 정리를 하러 새집으로 돌아왔습니다.

새집으로 돌아와 셋이서 일을 분담해 정리를 했습니다.

슈리는 작은 물건들의 정리와 청소를, 저와 어머니는 큰 물건을 정리했습니다.

아버지는 일을 하시기 때문에 어쩔 수 없습니다.

우리 집에서 가지고 온 것은 바로 정리했지만, 아버지의 집에서 가져온 짐은 상자에 아무렇게 담겨져 있었기 때문에 정리하는 데

힘이 들었습니다.

하지만 가족끼리 서로 협력하며 이사를 마쳤습니다.

이것도 모두 유나 언니 덕분입니다.

유나 언니를 만나고 모든 것이 바뀌었습니다.

맛있는 밥, 어머니의 건강, 그리고 새로운 아버지.

전부 유나 언니 덕분입니다.

38 곰 씨, 길드 마스터에게 감사 인사를 받다

재미있는 일을 찾으러 길드로 갔다.

길드 안으로 들어가 접수대를 보다가 헬렌과 눈이 마주쳤지만, 그냥 지나치고 의뢰가 붙은 보드로 가려고 했는데—.

"유나 님!"

헬렌이 불러 세웠다. 사람을 보고 갑자기 소리 지르지 말아줬으면 좋겠는데.

안에 있는 모험가들이 이쪽을 보잖아. 그렇지 않아도 인형 옷 때문에 눈에 띄는데…….

"왜요?"

무시하면 또다시 이름을 불릴 테니 말을 듣기로 했다.

"이번엔 무슨 일을 저지른 거죠? 길드 마스터가 유나 님을 찾으세요."

이 아가씨는 만나자마자 무슨 소리야?

"난 아무 짓도 안 했어요."

"정말로요?"

그런 의심의 눈초리로 봐도 나는 모르는 일이라고.

요 며칠 동안은 의뢰 자체를 받지 않았고, 다른 사람들에게 폐를 끼친 기억도 없었다.

그런 내 마음과 상관없이 헬렌이 길드 마스터의 방으로 데려갔다.

"길드 마스터! 유나 님이 오셔서 모시고 왔습니다."

안에서 「들어와」라는 소리가 들렸다.

도망칠 수도 없어서 마지못해 안으로 들어갔다. 방 안에 들어가자 근육 마초 길드 마스터가 책상에서 일을 하고 있는 모습이 보였다.

어울리지 않는 모습이었다.

"일단 앉아."

큰 테이블 주변에 의자가 놓여 있었다.

일단 입구에서 가장 가까운 의자에 앉았다.

"으~음, 부르셨다는데, 왜죠?"

"겐츠 때문이야. 고맙다는 말을 하고 싶어서 말이야."

"고맙다고요?"

"네가 티루미나의 병을 낫게 하고, 겐츠와 결혼을 시켰다며."

"그렇긴 한데, 왜 길드 마스터가 감사 인사를 해요?"

"일단 티루미나의 병을 네 고향의 귀한 약으로 고쳐주었다더군."

겐츠 아저씨에게는 마법으로 병을 고쳤다는 사실이 퍼지면 성가시니까, 귀한 약으로 병을 고쳤다고 해달라고 했다.

"티루미나는 원래 모험가였기 때문에 병에 걸린 게 마음에 걸렸어."

"설마 피나가 길드에서 일한 것도?"

"조금이라도 도움이 되길 바랐으니까. 하지만 대놓고 고용할 수도 없어서 일이 많을 때만 시켰던 거다. 그래서 네가 울프를 가지고 와줬을 때는 고마워했지. 게다가 지금도 일감을 주고 있다며?"

"제가 좋아서 하고 있는 거예요."

"그것뿐만이 아니야. 겐츠 녀석도 여태껏 결혼을 안 했으니까. 그 녀석이 티루미나를 좋아한다는 건 알고 있었지만 상대는 환자고, 남편을 잃은 데다 아이가 둘이나 있잖아. 그럴 때 네가 티루미나의 병을 낫게 해주고 겐츠의 마음을 떠밀어줬으니 고마울 따름이야. 그래서 감사의 인사말을 하고 싶었다. 고맙네."

길드 마스터는 매우 기쁜 듯 감사 인사를 했다.

"신경 쓰지 않아도 돼요. 제가 피나를 위해서 협박해서 결혼시킨 거나 다름없으니까."

"친절한 협박도 다 있군. 하지만 이걸로 그 녀석도 걱정거리가 없어졌으니 일에 전념할 수 있을 거야."

어쩌면 겐츠 아저씨와 길드 마스터는 부하와 상사 이상의 관계일지도 모른다. 같은 파티 멤버일 리는 없겠지만.

"용건이 그것뿐이라면 저는 돌아갈게요."

의자에서 일어나려 한 순간, 누군가 문을 두드렸다.

"뭐지?"

"실례합니다."

길드 직원 여성이 고개를 숙이고 들어왔다.

"길드 마스터. 클리프 포슈로제 님께서 오셨습니다. 안으로 모셔도 될까요?"

길드 직원은 내 쪽을 살짝 봤다.

길드 마스터는 나를 상대하고 있었다. 하지만 귀족님이 오셨으니 기다리게 할 수는 없다는 건가.

하지만 클리프가 길드 마스터에게 무슨 일이지?

"이야기는 끝났으니 괜찮아요."

내가 말하자 길드 직원은 길드 마스터 쪽을 봤다. 길드 마스터는 작게 고개를 끄덕였다.

"그럼 모시겠습니다."

길드 직원은 방에서 나갔다.

"그럼 저는 가볼게요."

"그래. 불러서 미안했네."

의자에서 일어나 방에서 나가려고 한 순간, 문이 열렸다.

"아침 일찍 실례하지."

클리프가 들어왔다. 내가 시선을 올리자 눈이 딱 마주쳤다.

"곰? 유나구나."

나는 머리를 가볍게 숙이고 인사를 했다.

그리고 클리프를 지나치듯 방에서 나가려고 한 순간, 클리프가 불러 세웠다.

"마침 잘됐군. 유나도 이야기를 들어주겠지 않겠나?"

방에서 나가려던 나는 어깨를 붙잡혀 방으로 되돌아가 의자에 앉혀졌다.

"이런 아침 댓바람부터 클리프 님께서 친히 행차하시다니, 어인 일이신지?"

"말투는 여전하군."

길드 마스터는 내 쪽을 봤다.

"유나라면 신경 쓰지 않아도 돼."

"그렇군, 네가 그렇다면 알겠어. 그래, 모험가 길드엔 어쩐 일이야?"

길드 마스터는 친구에게 말하는 듯한 말투로 바뀌었다.

"네게 상담할 게 있어서. 다음 달에 국왕이 마흔 번째 탄신일을 맞이하는 건 알고 있겠지?"

"그래, 이 나라에 살고 있다면 당연한 일이지."

나는 모르는데. 그랬구나.

"그때 왕에게 바칠 만한 게 없어서 말이야."

"그런 거라면 상업 길드에게 부탁해. 여기는 모험가 길드라고."

"상업 길드라면 이미 가봤어. 근데 국왕이 기뻐할 만한 게 없더라고. 돈으로 살 수 있는 것을 바쳐 봤자 시시하잖아. 그래서 모험가 길드에 진귀한 검이나 방어구, 도구 같은 게 없을까 싶어서 말이지."

"모험가 길드에서 손에 넣은 건 상업 길드로 보내고 있어서 없어."

"그렇지. 한번 확인하려고 온 건데. 그럼 차선책으로 유나, 너에게 물어보고 싶은 게 있어."

"뭐죠?"

불길한 예감밖에 들지 않는다.

"자네, 진귀한 물건 갖고 있는 거 없나? 그 곰 아이템 봉투 같은 거 말이야. 아니면 소환수를 소환하는 아이템이라든가."

"유감이지만 없어요. 물론 이 곰 아이템 봉투를 양보할 생각도 없고, 소환수도 넘길 생각 없어요."

그런 것을 막무가내로 부탁받으면 도망쳐야지.

"그럼 뭔가 만들 수 없나? 곰 집 같은 거 말이야. 나도 봤는데, 그거 대단하더군. 역시 그렇게 크면 옮기기 힘드니까 작은 거라면 좋겠는데."

으~음, 못 만드는 건 아니지만.

지구의 아이디어를 사용하면 드라이어 같은 것을 만들어 낼 수 있을지도 모른다. 하지만 나는 이 세계에 뭐가 있고 없는지를 모른다.

드라이어 같은 건 있을지도 모르고, 없을지도 모른다. 무엇을 만들면 좋을지 알 수 없었다. 게다가 이상한 걸 만들어서 눈에 띄고 싶지는 않았다.

일단 괜찮은 게 없는지 곰 박스 안을 살펴봐야겠다.

………………….

………….

…….

응? 괜찮은 게 있었다.

"모험가 길드에 진귀한 걸 찾으러 온 거였죠?"

"그래."

"그렇다면 이건 어때요?"

곰 박스에서 고블린 킹의 검을 꺼냈다.

"이건?"

클리프와 길드 마스터가 내가 꺼낸 검을 바라봤다.

"고블린 킹의 검이에요."

"진짜야?"

곰 관찰경으로 확인했으니 틀림없다.

"그러고 보니 일전에 네가 고블린 킹을 쓰러뜨렸다고 들었는데, 고블린 킹의 검을 갖고 있었어?"

의외로 두 사람의 반응이 좋았다.

"일단 진짜인지 확인해야겠네."

길드 마스터는 감정할 수 있는 직원을 불렀다.

잠시 후, 연배가 있어 보이는 남성이 들어와 고블린 킹의 검을 감정했다.

"틀림없습니다. 고블린 킹의 검입니다."

"그렇군, 고맙네. 물러가도 돼."

남자 직원은 고개를 숙이고 방에서 나갔다.

"이건 국왕께 보낼 만한 물건인가요?"

"그럼, 충분하지. 진귀한 검이니까."

"그래요? 고블린 킹을 쓰러뜨리면 손에 넣을 수 있는 거 아니에요?"

"고블린 킹이라고 다들 갖고 있는 건 아니야. 자세한 건 모르지만, 원래는 보통의 검이었다고 해. 그걸 고블린 킹이 가지게 된 후, 그 마력이 검에 흘러들어서 변질되는 거라고 했어. 그러니 갓 태어난 고블린 킹이나 마력이 약한 고블린 킹은 고블린 킹의 검을 가지고 있지 않지."

게임에서도 드롭 확률이 낮은 아이템이 있다.

그것과 같은 건가.

무엇보다 게임에서는 고블린 킹의 성장이라는 개념은 없었는데…….

"그래서 그 검을 양보해줄 건가?"

"딱히 상관없어요."

필요도 없고, 무엇보다도 이름이 촌스러워. 이왕 가질 거면 멋있는 검을 갖고 싶었다.

"그럼 얼마 정도에 양보해줄 텐가?"

"가치는 잘 모르지만, 얼마 정도 하는데요?"

"솔직히 말하면 잘 모르겠어. 손에 넣으려고 한다고 해서 얻을 수 있는 게 아니거든. 네가 정해도 상관없어. 그리고 낼 수 있다면 내가 내지."

"그럼 시세를 모르는 내가 불리하잖아요."

뭐, 돈이 궁한 건 아니지만, 그러면 재미가 없잖아.

"그럼 양보하는 대신 나중에 도와주기 1회는 어때요?"

"도와주기 1회?"

"영주님은 여러 가지로 나쁜 일을 하고 있잖아요. 그러니까 나중에 내가 곤경에 처했을 때 도와줘요."

"누가 들으면 오해할 소리 하지 마. 나는 정직하다고."

"뭐, 농담은 이 정도로 하고, 앞으로 부탁할 일이 생기면 부탁을 들어주세요."

"예를 들면 어떤 걸 해주길 바라지?"

"길드 마스터를 그만두게 한다든가."

"어, 어이."

길드 마스터가 자리에서 일어났다.

"농담이에요. 지금은 아무것도 없으니까 나중에, 무슨 일 있으면 부탁할게요. 만약 무리라면 거절해도 되고요."

"그 정도로 괜찮나?"

"괜찮아요. 그러는 편이 재밌을 것 같거든요."

"그래, 그럼 고맙게 받지. 나중에 계약서를 준비하마."

"필요 없어요. 만약 약속을 어겨도 상관없어요."

나는 미소를 지었다.

실제로 필요 없는 검이었다. 없어도 문제는 없었다.

도움을 받을 수 있다면 이득일 것이다.

"내가 할 수 있는 거라면 뭐든 도와줄 것을 맹세하지."

맹세라니, 호들갑은.

"그럼 그때 부탁할게요."

39 곰 씨, 뱀을 토벌하러 가다

길드 마스터와 클리프 때문에 나오는 게 늦어졌지만, 원래 목적대로 의뢰가 붙어 있는 보드로 향했다.

랭크 D 보드

· 검술 선생(여성 한정).

· 오크 토벌.

· 타이거 울프의 모든 소재.

· 고블린의 마석 200개, 시기는 상관없음.

· 메루메루 풀 입수.

· 호엘 산의 바위 원숭이 토벌, 마릿수는 미정.

…………

끌리는 게 없네.

검술 선생(여성 한정). 곰이어도 괜찮은가? 하지만 검술 같은 건 게임 속 지식 정도밖에 없었다. 게다가 다른 사람을 가르치는 건 귀찮을 것 같았다.

오크 토벌은 재미가 없고.

타이거 울프는 얼마 전에 쓰러뜨렸고, 고블린은 채취가 불가능하니까 무리였다.

바위 원숭이 토벌은 마릿수가 미정이니까 곤란해. 끝을 알 수 없는 의뢰는 받고 싶지 않았다.

길드 마스터와 클리프에게 잡히지 않았다면 다른 의뢰도 있었을지도 모르지만 그건 어쩔 수 없었다.

다음으로 랭크 C 보드를 보러 갔다.

랭크 C 보드

· 와이번 소재.

· 어느 분 호위, 비밀 엄수.

· 인어 비늘.

· 자몬 도적단 섬멸.

· 히스토리 꽃 채취.

· 워터 스네이크 토벌, 소재 포함.

· 파이어 타이거 토벌, 소재 포함.

………….

랭크 C의 토벌은 재밌을 것 같은데 장소를 모르거나 먼 곳이었다.

하지만 인어가 존재한다는 것은 놀라웠다.

다음에 보러 가면 좋을 것 같다.

당일치기로 가능할 것 같은 재밌어 보이는 의뢰도 없어 보여서 돌아가려고 하는데, 접수대 쪽이 소란스러운 게 눈에 띄었다.

"왜 안 된다는 거야!"

"안 된다는 건 아니에요. 시간이 걸린다는 겁니다."

"그러면 시간이 안 맞잖아! 아버지도, 어머니도, 마을 사람 모두가 죽을 거라고!"

키가 작은 소년이 헬렌을 향해 울면서 호소하고 있었다.

"글쎄, 지금은 블랙 바이퍼를 쓰러뜨릴 수 있는 모험가가 없다니까요. 부른다고 해도 내일이나 될 거예요."

"아버지랑 어머니가……."

소년이 울면서 주저앉았다.

"무슨 일이에요?"

"유나 님."

두 사람이 있는 곳으로 갔다.

"그게, 이 아이의 마을에 블랙 바이퍼가 나타났다고 해요."

"블랙 바이퍼라면 뱀이던가?"

"네, 일반적인 바이퍼보다 커요. 큰 것은 총 길이가 100미터 이상 됩니다. 이미 마을 사람 몇 명이 잡아먹혔다고 해요. 그래서

이 소년이 말을 타고 이곳까지 왔는데, 블랙 바이퍼를 쓰러뜨릴 정도의 모험가는 다 나가고 없어서 돌아오려면 며칠이나 걸릴 거예요."

블랙 바이퍼라…….

주저앉아 울고 있는 소년을 봤다.

"그럼 제가 갈까요?"

시간도 남으니.

"『갈까?』라뇨. 근처 마실 가는 것처럼 가볍게 말씀하시다니. 블랙 바이퍼는 크기에 따라 랭크 B의 마물이 되기도 한다고요."

"하지만 서두르지 않으면 마을이 위험하잖아요?"

"그렇긴 하지만……."

"위험하면 도망칠 거니까 걱정 마요. 헬렌 씨는 일단 모험가 소집 절차를 밟아 주세요. 시간을 버는 정도는 해 둘 테니까요."

"사람 무시해?! 이렇게 이상한 복장을 한 당신이 블랙 바이퍼를 쓰러뜨릴 수 있을 리가 없잖아!"

소년이 소리쳤다. 그럴 만도 했다. 보통 이런 곰 인형 옷을 입은 여자아이가 그런 괴물을 쓰러뜨릴 수 있다고는 생각하지 않는다.

"음, 그럼 먼저 가서 정보를 모을게."

"정보를 모은다고?"

"정보를 모아서 헬렌 씨가 부른 모험가들에게 정보를 건넬게.

크기나 위치 같은 걸 알면 시간을 단축시킬 수 있잖아."

소년은 내가 되는 대로 내뱉는 거짓말에 작게 수긍했다.

"그럼 헬렌 씨. 마을은 어디에 있죠?"

"남동쪽이고, 말을 타면 하루 반 걸려요."

말로 하루 반이라니, 꽤 거리가 되네.

말이 하루에 몇 시간 달릴 수 있는지는 모르겠지만, 24시간 달리지 못한다는 것 정도는 나도 알고 있었다.

"정말 가시려고요?"

"시간이 남아서요."

"그럼 잠시 기다려주세요. 길드 마스터에게 확인을 받겠습니다."

헬렌은 자리에서 일어나 길드 마스터의 방으로 갔지만 바로 길드 마스터와 함께 돌아왔다.

"블랙 바이퍼를 쓰러뜨리러 간다고?"

"어떤지 보러 가는 것뿐이에요. 쓰러뜨릴 수 있을 것 같으면 쓰러뜨리고, 아니면 도망치고 정보를 모아서 헬렌 씨가 부른 모험가들에게 맡길게요."

"헬렌, 그 모험가들이 누구지?"

"랭크 C의 외눈박이 러쉬의 파티입니다."

뭐야? 그 멋있는 중2병 같은 이름은. 그렇게 불리고 싶지는 않지만 보고는 싶네. 안대라도 하고 있나?

"랭크 C의 외눈 말이군. 그만으로는 불안해. 그 외에도 더 모을 수 있다면 모아."

"알겠습니다."

"그럼 가자, 유나."

길드 마스터가 이상한 말을 했다.

"『가자』라뇨?"

"나도 갈 거다. 나도 원래 모험가였어. 너를 방해지는 않을 거야."

그런 소릴 해도 말이지…….

"갈 거면 길드 마스터는 어떻게 갈 건데요?"

"내 말을 탈 생각이야. 내일이면 도착할 거야."

"그럼 제가 먼저 가 있을게요. 제 소환수라면 하루도 안 걸릴 테니까요."

"그게 정말이야?"

"소환수는 두 마리 있으니까 교대로 가면 가능할 거예요."

확실하진 않지만.

"소환수라…… 알았다. 너는 먼저 가. 하지만 내가 도착하기 전까지 무리는 하지 마라."

"알겠어요."

내가 길드에서 나와서 출발하려는 순간, 소년이 멈춰 세웠다.

“잠깐만요. 저도 데려가주실래요?”

“성가시게 하네.”

“길을 안내할게요. 시간을 단축시킬 수 있을 거예요.”

소년의 체격을 봤다.

가벼울 것 같았다.

소년 정도의 체중이 늘어도 무리는 없으려나?

“알았어. 하지만 휴식은 없을 거야.”

“상관없어요. 마을을 위해서니까요. 이런 곳에서 혼자서 기다릴 순 없어요.”

“그럼 시간이 아까우니 바로 출발하자. 소년.”

“카이예요.”

“나는 유나야. 그럼 가자, 카이.”

마을을 빠져나와 곰돌이를 소환했다.

카이는 곰돌이를 보고 놀랐다.

“얼른 타. 급한 거 아냐?”

“누나, 뭐하는 사람이에요? 그 복장도 그렇고.”

“지금은 그런 걸 신경 쓸 때가 아니잖아. 가족이 기다리고 있다며?”

카이는 수긍하고 곰돌이에 올라탔다.

그 뒤에 내가 올라탔다.

"앞을 제대로 보고 방향을 지시해."

카이는 고개를 끄덕였다.

곰돌이는 카이가 가리키는 방향으로 달리기 시작했다.

그 속도는 말보다도 빨랐고, 지구력도 있었다.

3시간 정도 달리고 곰순이로 교환했다.

그때 간단하게 식사 시간을 가졌다.

"5분 안에 먹어."

곰 박스에서 빵과 주스를 꺼내 카이에게 건넸다.

카이는 고맙다고 말하고는 흡입하듯 빵을 먹었다.

"얼마나 왔어?"

"40퍼센트에서 50퍼센트 정도예요."

그렇다면 앞으로 3시간 남짓이면 도착하겠네. 식사를 간단히 마치고 곰순이에 올라타 달리기 시작했다.

카이는 오늘 아침 말을 타고 도착한 탓에 지쳐 있을 텐데도 꾹 참고 마을로 가는 방향을 확실하게 알려줬다.

"방향이 맞으면 잠시 자도 괜찮아."

카이는 고개를 저었다.

"괜찮아요. 어차피 못 잘 거예요. 게다가 방향이 조금이라도 틀어지면 시간이 아깝잖아요. 처음엔 이렇게 이상한 복장을 한 누나가 와도 쓸모없을 거라고 생각했어요. 하지만 이 소환수를 보니 누나는 대단한 모험가가 아닐까 싶어요. 블랙 바이퍼를 쓰러뜨리진 못해도 마을 사람들을 도망치게 할 수는 있을 걸 같으니 얼른 가고 싶어요. 저는 마을에 가도 도움이 못 돼요. 그러니까 적어도 마을로 가는 길을 확실하게 빠른 길로 알려주는 게 제 역할이라고 생각해요."

카이는 자신의 상황을 제대로 파악하고 있었다.

이 소년, 너무 어른스럽잖아.

피나도 그렇고 이 아이도 그렇고, 이 세계의 아이들은 대체 어떻게 된 거지?

"그럼 계속 길 안내를 부탁할게."

"네, 그러니까 누나도 마을 사람들을 구해주세요."

"할 수 있는 일은 할게."

곰순이는 마을을 향해서 달렸다.

40 곰 씨, 뱀을 퇴치하다

곰순이로 바꿔 타고 몇 시간 후, 다시 곰돌이로 교대해서 마을로 향했다.

해가 저물기 시작한 무렵 마을이 보였다.

곰돌이는 속도를 늦추고 천천히 마을 안으로 들어갔다.

마을 안은 조용했다.

폐촌(廢村)인 것처럼 아무런 소리가 들리지 않았다.

카이는 곰돌이에서 내려서 마을 안을 달렸다.

"다들 계세요? 저예요! 카이예요! 돌아왔어요!"

카이는 마을을 향해 소리쳤지만 아무도 나오지 않았다.

아니, 문이 열리는 집이 있었다.

"카이니?"

집에서 남성이 나왔다.

"아버지! 어머니는요? 마을 사람들은요?"

"엄마는 괜찮아. 하지만 몸이 쇠약해졌어. 요 며칠간 식사도 못 하고 있거든."

"다른 사람들은요?"

"나오지 않을 거야."

"왜요?"

"그 녀석은 소리에 반응해. 도망치던 에루미나 일가가 잡아먹혀서 죽었어. 우물에 물을 길러 간 론드도 잡아먹혔지. 그러니 아무도 집에서 나오려 하지 않는 거야. 잡아먹힐지도 모르니까 말이야."

"그러면 여기에서 이렇게 이야기하고 있는 것도……."

"그래, 위험해."

"그럼, 아버지."

"하지만 누군가는 해아만 하는 일이야. 도모골을 위해서."

"도모골 씨요?"

"너를 말에 태워서 도움을 청하러 보냈을 때, 도모골이 미끼가 돼서 죽었어."

"도모골 씨가……."

"그러니까 네 이야기를 듣고 앞으로 어떻게 할지 생각해야 돼. 그게 우리가 도모골을 위해 해줄 수 있는 일이야."

"아버지……."

"그래서, 저 곰은 뭐니?"

카이의 아버지가 늘 입는 복장을 한 내 쪽을 바라봤다.

"이 누나는 정보를 모으러 먼저 와주신 모험가예요."

아버지가 낙담하는 표정을 지었다. 아니, 분노의 표정일지도 모른다.

"이 곰 차림을 한 아가씨가……."

"아버지, 이어서 길드 마스터가 와주실 거예요. 그 뒤에도 랭크 C의 모험가들이 파견될 거라고 하셨어요."

아들의 말에 아버지는 안도의 표정을 지었다. 뭐, 곰 차림을 한 여자아이가 아니라 길드 마스터, 랭크 C의 모험가들이 온다는 걸 알면 그런 얼굴을 하게 되겠지.

"그럼 길드 마스터는 언제 도착하니?"

"이 누나의 소환수 덕분에 길드에서 반나절 만에 올 수 있었지만, 길드 마스터는 내일이나 될 거라고 했어요."

"그렇군, 아가씨는 어떻게 할 건가?"

"우선은 정보를 수집하려고요. 가능하다면 토벌하겠지만요."

"농담에도 정도가 있지 가능하다면 토벌하겠다니, 당신이 토벌할 수 있을 리가 없어."

아버지는 한숨을 쉬듯 말을 내뱉었다.

"그걸 판단하는 건 당신이 아니라 저예요. 뭐든 좋으니 블랙 바이퍼의 정보를 주세요."

"대단한 정보랄 것도 없어. 아침 일찍 마을로 잡아먹으러 오는 것 정도야. 집을 파괴해서 집 안에 있는 사람들을 잡아먹고 사라지지. 마을에서 도망치는 자가 있어도 잡아먹고, 소리를 내면 우선적으로 잡아먹혀."

아침 일찍이란 말이지. 다시 말하자면 밤에는 덮치지 않는다는 거네. 그리고 소리에 반응한다라…….

"그럼 블랙 바이퍼의 상황을 보러 다녀올게요."

"이렇게 늦은 시간에?"

날이 저물고 있었고, 앞으로 한 시간 후면 해가 완전히 져서 어두워질 것이다.

"그래서예요. 혹시 제가 발견해서 싸우거든 저를 미끼로 삼아서 도망쳐도 돼요. 말이 있다면 도망칠 수 있잖아요."

"아니, 아무도 도망치지 않을 거야. 다들 도망치면 잡아먹힐 거라고 생각하고 있어. 게다가 말도 마을 사람들 모두가 도망칠 정도의 수는 아니야."

"일단 다녀올게요."

"누나, 조심하세요."

나는 카이의 머리를 쓰다듬고 곰돌이 위에 올라타 달리기 시작했다.

곰 탐지를 사용하자 조금 떨어진 위치에서 반응이 있었다. 그다지 떨어진 위치는 아니었다.

곰돌이가 달리는 속도라면 몇 분이면 도착하겠지.

아무것도 없는 평지를 달렸다.

슬슬 목표물인 블랙 바이퍼가 보일 즈음이었다.

해가 지며 멀리서 큰 바위가 보였다.

아니, 바위라고 생각한 것은 똬리를 튼 거대한 블랙 바이퍼였다.

크네. 자고 있는 건가? 먼저 공격하면 반드시 이긴다는데, 공격을 할까 말까.

곰돌이에게서 내려와 곰돌이를 역소환했다.

시선을 블랙 바이퍼로 돌린 순간, 바이퍼가 얼굴을 들어 올려 내 쪽을 향해 긴 혀를 내밀고 있었다.

몸을 일으킨 블랙 바이퍼는 압박감을 주었다.

엄청 크네.

블랙 바이퍼가 움직이며 덮쳐 오려고 했다.

거리가 순식간에 줄어들었고, 눈 깜짝할 사이에 큰 입이 들이닥쳤다.

빠르다.

순간적으로 스텝을 오른쪽으로 옮겼다.

거대한 물체가 왼쪽을 스쳐 지나갔다. 스쳤다고 생각한 순간, 바이퍼의 몸이 휙 구부러지더니 곧바로 덮쳐 왔다. 곰 장갑으로 바로 가드했지만 뒤로 날아갔다. 땅을 굴렀지만 그다지 충격은 없었다.

곰 장비 덕분인가?

생각할 겨를을 주지 않고 두 번째 공격이 들어왔다.

몸이 커서 위로는 도망칠 수 없었기에 좌우로 도망쳤다. 하지만 직접적인 공격을 피해도 몸통과 꼬리가 연속 공격을 해 왔다.

커다란 몸이 움직일 때마다 모래가 휘몰아쳐 시야가 흐려졌다. 게다가 해가 저물 무렵이었고 상대의 몸은 검었다.

이야기에 따르면 소리에 반응한다고 했는데, 해가 저물 때 오는 건 잘못한 건가?

모래를 바람 마법으로 날려버렸다.

움직임이 멈출 때마다 공격 마법을 몇 번 날렸지만, 대미지가 들어가는 느낌은 없었다.

불도 바람도 얼음도 저 검은 뱀 가죽에 튕겨 나갔다.

구멍에 빠뜨리는 건 상대가 너무 커서 쓸 수 없었다.

으~음, 보통의 마법 공격으론 무리인가. 그래도 곰 마법을 쓰는 건 좀 설레발 아닐까.

불의 곰을 사용하면 쓰러뜨릴 수 있을 테지만, 저 가죽은 여러모로 활용이 가능할 것 같으니 웬만하면 불태우고 싶지 않았다.

게임이라면 어떤 공격법으로든 쓰러뜨리면 아이템이 됐지만, 현실에서는 불태운 것은 원래대로 돌아가지 않았다.

검으로 베어 버리면 상처가 남고, 마법으로 공격하면 소재에 대미지가 남는다.

불은 삼가기로 하고 곰의 바람 마법을 사용해 보았지만 몸을 가를 정도까지는 아니었다.

피가 흐르나 싶다가도 바로 치유됐다.

재생 능력인가?

겉에서 안 통하면 안에서 공격해야 하나?

뒤쪽으로 점프해서 거리를 두었다.

블랙 바이퍼는 땅을 기어 거리를 좁혔다.

오른쪽, 왼쪽으로 바꿔 가며 입이 열리는 찬스를 노렸다.

돌진 공격만 하고, 물고 늘어지는 공격은 해 오지 않았다.

좀처럼 입을 열지 않았다. 위로 뛰면 열려나?

땅을 차서 높게 뛰었다.

블랙 바이퍼는 큰 입을 벌려 하늘로 도망친 나를 덮치려 했다.

그 순간 인형 사이즈의 화염 곰 몇십 개를 만들어 냈다.

내 앞에 가지런히 대열을 지은 미니 화염 곰들에게 블랙 바이퍼의 입이 일직선으로 달려들었다. 「입 안에 곰을 넣어주세요」라고 말하는 것처럼 말이다.

그 움직임에 맞춰 미니 화염 곰들을 블랙 바이퍼의 입 안으로 집어넣었다.

긴 혀를 불태우며 미니 화염 곰들은 블랙 바이퍼의 몸속으로 들어갔다.

블랙 바이퍼는 고통스러워하면서 나를 먹기 위해 뻗었던 몸을 휘감으며 땅으로 무너져 내렸다.

블랙 바이퍼는 땅을 뒹굴며 쿵쿵거리면서 몸을 땅에 여러 번 부딪쳤다. 그럴 때마다 땅이 울렸다.

하지만 블랙 바이퍼의 움직임은 점점 둔해졌고, 이윽고 움직임을 멈췄다.

블랙 바이퍼의 입에서 노릇하게 구워진 맛있는 냄새가 났던 건 비밀이다.

"끝났나?"

곰 탐지를 사용해 블랙 바이퍼의 반응이 사라진 것을 확인했다. 맞네, 죽었네.

역시 이 정도 랭크의 마물은 보통 마법으로는 쓰러뜨릴 수 없구나.

조금 더 쓰기 쉬운 곰 마법을 생각해 놔야 하나?

이대로 가면 갖고 싶은 소재가 생겨도 다 태워버리게 생겼어.

블랙 바이퍼 근처로 다가가 곰 박스에 넣었다.

임무 완료.

곰순이를 소환해 마을로 돌아가기로 했다.

마을 근처로 돌아가자 카이가 서 있었다.

"이런 곳에서 뭐해?"

"누나 기다리고 있었어요."

"나를?"

"네. 혹시나 도망쳐 오면 제가 먼저 잡아먹혀서 누나가 도망칠 시간을 만들려고 했거든요."

카이는 올곧고 강한 눈매로 그렇게 말했다.

농담이 아닌 것 같았다.

"어째서?"

"누나는 블랙 바이퍼를 쓰러뜨릴 정보를 가지고 왔잖아요. 그게 있다면 쓰러뜨릴 수 있을지도 몰라요. 그러면 마을을 구할 수 있겠죠. 만약 누나가 죽으면 저를 마을로 보내기 위해 희생한 도모곰 씨에게도 면목이 없어요."

이 세계의 어린아이들은 심지가 강한 아이들이 많은걸.

나는 카이의 머리를 부드럽게 쓰다듬어 주었다.

"누나?"

"괜찮아. 블랙 바이퍼는 쓰러뜨렸거든."

안심시키듯 말했다.

"네?"

"마을 사람들을 이쪽으로 불러줄래? 증거를 보여줄 테니까."

나는 웃으며 카이를 뒤로 물러나게 한 뒤, 토벌한 것을 증명하기 위해 곰 박스에서 블랙 바이퍼의 사체를 꺼냈다.

"조금 물러서."

카이의 눈앞에는 움직임이 없어진 거대한 블랙 바이퍼가 나타났다.

"죽었어요?"

카이는 의심스럽다는 듯 물었다.

죽어 있는 것을 증명하려 펀치를 날리거나 발로 차보았지만 블랙 바이퍼는 움직이지 않았다.

"진짜다……."

카이는 오들오들 떨면서 블랙 바이퍼를 만져 죽어 있는 것을 확인했다.

"사람들을 불러올게요."

카이는 마을 안으로 달려갔다.

잠시 후 마을 사람들이 집에서 나와 느린 걸음으로 내 쪽을 향해 걸어왔다.

"정말 쓰러뜨린 거야?"

"블랙 바이퍼잖아."

"죽었어?"

블랙 바이퍼를 보고 울음을 터뜨린 사람도 있었다.

"곰 아가씨가 쓰러뜨린 건가요?"

"고, 고맙네."

"고맙습니다."

"언니, 고마워요."

모두들 내 모습을 신경 쓰지 않고 블랙 바이퍼를 쓰러뜨렸다는 것에 진심으로 고마워했다.

그중에서 카이의 아버지가 앞으로 나왔다.

"아가씨, 아까는 미안했어. 그리고 고마워. 마을을 구해줘서."

그리고 내 앞으로 오더니 갑자기 머리를 숙였다.

"신경 쓰지 않아도 돼요. 누구라도 저 같은 여자애가 쓰러뜨릴 수 있을 거라고는 생각하지 않을 거예요."

"필요한 게 있으면 말하게. 내가 할 수 있는 일이라면 뭐든 하지. 아가씨가 구해준 목숨인걸."

"필요한 건 없어요. 잘 큰 아들을 위해 살아주세요."

카이의 아버지 옆에서 한 노인이 다가왔다.

이번엔 누구지?

"나는 촌장인 즌이오. 마을을 구해줘서 고맙소."

촌장은 내게 고개를 숙였다.

"하지만 조금만 더 빨랐더라면 좋았을 거예요."

"아니, 카이에게 들었소. 아가씨는 마을에 도착한 카이의 이야기를 듣고 바로 달려와줬다지. 오는 데 걸린 시간을 생각하면 충분히 빠르고도 남을 정도야. 내 예상으로는 빨라도 앞으로 며칠은 더 걸릴 거라 생각했거든. 그러니 아가씨가 이미 목숨을 잃은 사람들을 신경 쓸 필요는 없어."

그렇게 말하니 할 말이 없었다.

촌장은 뒤를 돌아 마을 사람들을 쳐다봤다.

"다들 식사도 제대로 하지 못했겠지. 늦었지만 잔치를 여는 게 어떤가?"

그 말에 마을 사람들은 환호로 대답했다.

울고 있던 사람도, 슬퍼하고 있던 사람도, 기뻐하고 있던 사람도 말이다.

"변변한 대접은 못하지만 참석해주게."

촌장은 고개를 숙이곤 잔치 준비를 하러 갔다.

마을 사람들은 각자의 집에서 식자재를 가져왔고, 마을 중앙에 불을 피워 여러 요리를 하기 시작했다.

춤을 추고 흥겨워하며 음식을 먹었다. 마을 사람들은 크게 흥겨워했다.

죽은 사람들을 위해서, 앞으로의 삶을 살아가기 위해서, 그리고 남은 생에 감사하며…….

내가 여유롭게 마을의 모습을 보고 있자 마을 사람들이 번갈아 가며 음식을 가져다주면서 고맙다는 인사를 건네 왔다.

아이들은 내 모습이 신기한지 계속 만졌고, 그것을 부모들이 말리는 상황이 반복됐다.

잔치는 늦게까지 이어졌고, 나는 촌장의 집에 머물게 됐다.

41 곰 씨, 뱀 퇴치를 마치고 마을로 돌아가다

다음 날, 아침 일찍 눈이 떠졌다.

천장이 달랐다.

촌장의 집에서 묵게 된 사실을 떠올렸다.

몸을 일으켜 일어나자 옆방에서 소리가 들렸다.

촌장은 이미 일어나 계신 모양이다.

"좋은 아침입니다."

옆방으로 가 촌장에게 인사를 했다.

"혹시 내가 깨운 겐가?"

"아니에요."

"그럼 간단하지만 아침 식사를 만들 테니 기다리시게."

멍하니 기다리고 있자 아침 식사가 준비됐다.

빵과 채소와…… 달걀 프라이?

"들어요. 입에 맞으면 좋겠군."

"저기, 이건 뭐죠?"

나는 달걀 프라이를 가리켰다.

"이건 꼬끼오의 알이라네. 카이네 아비가 아침 일찍 숲에 구하러 다녀왔지. 유나 씨에게 주고 싶다고 말이야."

"고맙습니다."

감사 인사를 하고 나이프로 빵을 잘라 그 사이에 채소와 달걀 프라이를 끼워 먹었다.

"맛있네요."

"그렇다면 다행이군. 구하러 다녀온 카이네 아비도 기뻐할 거야."

아침 식사를 마치고 알에 대해서 물어봤다.

"이 마을에서는 꼬끼오의 알을 구할 수 있나요?"

"그렇고말고. 숲 속에 꼬끼오가 있어서 아침 일찍 가면 갓 낳은 알을 얻을 수 있다네."

"꼬끼오는 어떤 새인가요?"

"다른 새들은 나무 위에 둥지를 틀지만, 그 새는 그다지 높이 날 수 없어서 풀이 모여 있는 땅에 둥지를 틀지. 그 새는 발이 빨라 도망도 잘 쳐."

닭인가?

"오늘 아침에 구해 온 꼬끼오와 알이 아직 있을 걸세. 가지고 가겠나?"

"괜찮은가요?"

기분이 좋아졌다.

"물론이지. 마을을 구해준 보답이네. 우리가 해줄 수 있는 건 이 정도밖에 할 수 없지만 말이야."

달걀과 닭을 쏙 닮은 새를 얻었다!

아침 식사를 마친 후, 돌아갈 채비를 했다.

"정말 돌아가려는 거요?"

"길드에 보고해야 하니까요."

촌장의 집에서 나오자 카이가 왔다.

"누나, 가려고요?"

"이 마을로 오고 있는 길드 마스터와 모험가들도 있으니까, 보고를 하지 않으면 폐를 끼칠 거야."

돌아갈 무렵, 카이의 아버지에게 꼬끼오 세 마리와 꼬끼오의 알 열 개 정도를 받았다.

아무리 봐도 닭이다.

이번 토벌에서 이게 가장 기쁜 것 같네.

조금 멀긴 하지만 또 와야지.

마을 사람들에게 고맙다는 인사를 듣고 마을을 출발했다.

곰돌이를 불러내 크리모니아 마을을 향해 달렸다.

몇 시간 동안 달리고 있는데 앞에서 이쪽으로 달려오는 사람이 있었다.

혹시 길드 마스터?

나는 곰돌이의 속도를 늦췄다.

"유나구나!"

길드 마스터가 나를 알아차리고 말을 멈췄다.

"이런 곳에서 뭐하는 거야? 설마 마을이 전멸한 건가?"

"블랙 바이퍼라면 해치웠어요."

"……뭐? 미안, 다시 한 번 더 말해주겠어?"

"블랙 바이퍼를 해치웠다고요."

한 번 더 말했다.

"농담이겠지."

귀찮아서 곰 박스에서 블랙 바이퍼를 꺼냈다.

길드 마스터 앞에 거대한 블랙 바이퍼가 나타났다.

"정말 혼자서 쓰러뜨린 건가?! 하지만 몸에 상처가 없는데?"

"몸에 대미지를 입히고 싶지 않아서 입 안으로 불 마법을 넣어 태워 죽였어요."

"입 안이라니, 그렇게 간단하게……."

길드 마스터는 블랙 바이퍼의 입 쪽을 봤다.

"정말이잖아. 용케 몸 안까지 넣었군. 일반적으로는 입 안에서 막혀서 안쪽까지 가지 못할 텐데 말이야."

「미니 화염 곰들이 걸어서 몸 안까지 걸어 들어갔답니다」라고 말할 순 없었다.

"일단 알았네. 마을로 가봤자 의미가 없으니 크리모니아로 돌아가지.”

곰돌이와 말이 다시 달리기 시작했다.

“미안하지만 네 소환수와는 달리 내 말은 그렇게 빨리는 달릴 수 없어. 속도 좀 맞춰주겠나? 이야기도 듣고 싶으니.”

길드 마스터에게 마을에서 일어났던 일들을 설명했다.

“너, 터무니없는 짓을 하는구나.”

터무니없는 짓을 할 수 있는 것도 이 곰 장비 덕이지만.

휴식을 취하면서 크리모니아로 돌아갔다.

서두를 필요는 없었기 때문에 말들의 부담을 줄여주기 위해 속도를 줄여서 갔다.

길드 마스터와 만나고 그 다음 날이 되어서야 크리모니아에 도착했다.

그길로 곧장 길드로 돌아가니 헬렌이 우리를 바라봤다.

그 순간, 헬렌이 울음을 터뜨리기 시작했다.

“유나 님, 길드 마스터……. 어째서 여기에……. 설마…….”

“헬렌, 괜찮아. 블랙 바이퍼라면 해치웠어.”

길드 마스터는 헬렌을 진정시키기 위해 상황을 설명했다.

“정말인가요?!”

헬렌은 울음을 멈췄다.

"그래, 정말이니 진정하게. 그런데 왜 그렇게 허둥대고 있었지?"

"그게 말이죠. 랭크 C인 러쉬 님이 부상을 당해서 돌아오시고, 다른 랭크 C 이상의 모험가는 아무리 해도 구할 수 없어서 난처하던 참이었어요. 그런데 블랙 바이퍼를 해치우셨다니, 역시 길드 마스터님이시네요."

헬렌은 존경스럽다는 듯 길드 마스터를 봤다.

"해치운 건 내가 아니야. 유나 혼자서 쓰러뜨렸지."

"정말 유나 님, 혼자서—?!"

길드 마스터의 말임에도 믿기지 않는 모양이었다.

"그럼 유나, 오늘은 늦었으니 미안하지만 내일 한 번 더 와주겠나. 이번 건에 대해서 보고서도 써야 하고, 블랙 바이퍼 소재에 대해서도 얘기해야하니 말이야."

"시간은요?"

"빠를수록 고맙겠지만, 너도 피곤하겠지. 시간은 네게 일임하마."

"알겠어요."

나는 모험가 길드를 뒤로했다.

42 곰 씨, 고아원에 가다

흰 곰 옷 덕분에 아침 일찍 피곤함 없이 기분 좋게 아침을 맞이했다.

곰 박스에서 달걀을 꺼내 달걀 프라이를 만들고 빵 사이에 끼워 먹었다.

이제 쌀과 간장만 있으면 딱 일본식 아침 식사를 할 수 있을 텐데, 아직 갈 길이 멀어 보인다.

길드 마스터가 불렀지만 시간은 정하지 않았기 때문에, 천천히 아침 식사를 마친 뒤 집에서 나왔다.

길드에 도착하자 곧바로 직원에게 길드 마스터의 방으로 안내를 받았다.

"의외로 빨리 왔네."

"어제 바로 잤거든요. 길드 마스터도 빠르시네요."

아침 일찍 왔는데 이미 일을 하고 있었다.

"나는 거의 여기서 살다시피 하고 있어. 요 며칠 동안 일어났던 일들과 블랙 바이퍼 일 때문에 말이야."

"블랙 바이퍼 일 때문이라뇨?"

"그 뒤로 네가 블랙 바이퍼를 쓰러뜨렸다는 소식이 퍼졌지 뭐야. 소재를 얻으려는 곳이 많아졌어."

"아직 팔겠다고 한 적 없는데요."

"알고 있어. 하지만 그렇게 말할 수가 없잖냐. 너도 상인들과 방어구 가게 주인들에게 붙잡혔다간 곤란하잖아."

"그렇게 인기가 많아요?"

"그럼. 가죽은 단단한 데다 가벼우니 방어구에 쓸 수 있어. 게다가 마법 내성도 있지. 모험가라면 갖고 싶어 할 사람들은 많아. 더욱이 고기는 고급 식자재가 돼. 어떤 부위든 비싸게 팔 수 있어. 이빨도 여러 용도로 쓰이고. 끝으로 마석은 크기에 따라 랭크 B 마석이 될 가능성도 있어. 모두가 소재를 갖고 싶어 하는 이유지."

"그러니 팔아야 한다는 건가요?"

"팔지 말지는 네 몫이야. 하지만 팔지 않으면—."

"상인이나 여러 사람들에게 시달릴 거라는 거죠?"

"그래. 길드로서도 다른 곳에 팔리는 것보다 우리에게 직접 팔아줬으면 하고."

"파는 건 상관없어요. 마석이랑 소재의 일부는 저도 필요하지만요."

마석은 언제 유용하게 쓰일지 모르니 갖고 싶었다.

"아, 상관없어. 가죽과 고기를 넘기면 잠잠해질 거야."

"그럼 어디서 해체하죠? 창고는 무리잖아요."

길드 마스터도 블랙 바이퍼의 크기를 떠올리곤 잠시 고민했다.

"밖에서 할 수밖에 없겠지."

"밖이요?"

"마을 밖이라면 방해되지는 않을 거야. 미안하지만 밖에서 블랙 바이퍼를 꺼내줄 수 있을까?"

"알았어요."

나와 길드 마스터는 방 밖으로 나갔다.

"헬렌, 해체할 수 있는 직원을 모아 와. 업무에 필요한 최소한의 인원만 남기고 해체 작업을 할 거야."

헬렌은 바로 뛰어가 사람들을 모아 왔다. 모인 인원은 열 명 정도였다.

그중에는 겐츠 아저씨와 피나까지 있었다.

"일손이 부족할 것 같아서 데려왔어."

겐츠 아저씨가 설명했다.

나와 열 명 남짓 되는 해체 멤버들은 길드에서 마을 문을 향해 걸었다.

"이 주변이면 괜찮겠지."

길드 마스터의 말에 곰 박스에서 블랙 바이퍼를 꺼냈다.

해체 멤버들 사이에서 탄성이 흘러나왔다.

"크다!"

“이걸 정말 곰 아가씨가 쓰러뜨렸다는 거야?”

“그보다 아이템 봉투에 용케 들어갔네.”

“이거 오늘 중에 끝날까?”

“너희들, 보고만 있는다고 일이 끝나겠냐. 해체하면 부위별로 냉장창고로 옮긴다. 옮기는 건 고기를 우선으로 할 것. 고급 식자재니까 썩히지 마.”

해체 멤버들은 일제히 대답했다.

“그럼 유나, 너는 어떻게 할 거지?”

“어떻게 하다뇨?”

“여기에서 보고 있을 거냐? 아니면 집으로 돌아갈 건가?”

“가도 돼요?”

가도 되면 가야지.

뱀의 해체 작업 따위 보고 싶지도 않으니.

“그래, 상관없어. 해체한 소재들은 일단 길드로 옮기마. 그 후에 네가 가질 몫을 정해도 좋아.”

“그렇다면 돌아갈게요. 끝나는 데 얼마나 걸려요?”

“몰라. 끝나면 길드 사람을 너희 집으로 보낼게.”

“그럼 피나를 보내주세요. 저 아이라면 우리 집에 들어올 수 있어요.”

“알았다.”

이대로 그냥 집에 가기도 따분해서 포장마차나 둘러보고 돌아가기로 했다.

중앙 광장으로 가서 맛있는 것들을 찾았다.

되도록이면 점심 식사거리를 가지고 가고 싶은데.

곰 박스에 넣으면 식지도 않을 테니.

광장을 여기저기 둘러보고 있는데 한구석에 꾀죄죄한 아이들이 있는 게 보였다.

나는 근처 울프 꼬치구이를 파는 가게로 갔다.

"오, 곰 아가씨잖아. 또 와줬네. 근데 오늘은 빨리 왔는걸?"

나는 언제나 점심쯤 오는 일이 많았다.

"저기, 저 아이들은 누구예요?"

꼬치구이를 하나 주문하고 꾀죄죄한 아이들에 대해 물어봤다.

"아, 고아원 아이들이야. 가끔 이쪽으로 오거든."

"뭐하러요?"

"손님들이 먹다 남긴 음식들을 기다리는 거야."

"먹다 남긴……."

"손님들이 먹다 남긴 걸 주워 먹고 있어. 손님들이 버린 거니 우리들이 뭐라 할 수는 없지만, 기분이 썩 좋지는 않아."

나는 아이들을 봤다. 적게는 5살 정도에서 많게는 12살 정도려나?

"아저씨. 꼬치구이 스무 개 주세요."

"그러지 마. 오늘은 준다고 해도 내일은 어쩌려고? 아무것도 해 줄 수 없으면 차라리 아무것도 안 하는 게 나아."

내가 무슨 짓을 하려는지 눈치챈 아저씨가 충고를 해주었다. 아저씨의 말은 이해가 갔다. 저들이 어른이었다면 무시했을 거다. 하지만 어린아이들이라 그냥 넘길 수가 없었다.

"고아원은 마을에서 돈이 안 나와요?"

보조금이나 지원금 같은 게 나올 것 같은데.

"글쎄, 나도 거기까지는 모르겠네. 돈이 안 나오는 건지 적은 건지. 뭐, 저 모습을 보면 많지는 않겠지."

클리프를 만났을 때, 클리프는 성실한 영주라고 생각했는데, 역시 나쁜 귀족일지도 몰랐다.

클리프에 대한 평가를 낮추고 아저씨에게 꼬치구이를 부탁했다.

"나는 충고했어."

꼬치구이 스무 개를 받았다.

나는 꼬치구이를 가지고 아이들이 있는 곳으로 갔다.

아이들은 꼬치구이를 가지고 있는 나를 빤히 쳐다봤다.

"한 사람당 하나씩 먹어."

그렇게 말하자 아이들은 서로의 얼굴을 봤다.

"먹어도 돼요?"

여자아이가 작은 목소리로 물었다.

"뜨거우니까 천천히 먹어."

꼬치를 하나 건네줬다.

소녀는 꼬치를 받더니 먹기 시작했다.

그것을 본 다른 아이들도 꼬치를 받아먹기 시작했다.

"언니, 고마워요."

기쁜 듯 고맙다고 말했다. 역시 꼬치 하나만 주고 갈 수는 없다.

"고아원으로 안내해주겠니?"

나는 소녀에게 그렇게 말했다.

소녀는 내 말의 의미를 모르겠다는 듯 고개를 갸우뚱거렸다.

"배고프잖아. 더 먹고 싶을 거 아니야. 그러니까 고아원으로 안내해줄 수 있을까? 내가 고기 가지고 갈 테니까 다 같이 먹자."

소녀는 작게 고개를 끄덕였다.

"이쪽이에요."

소녀가 걷자 다른 아이들도 고민 끝에 따라왔다.

아이들의 걸음으로는 꽤나 거리가 되는, 마을에서 가장 구석진 곳으로 갔다.

더러운 집 한 채가 덩그러니 떨어진 위치에 세워져 있었다.

이렇게까지 심각할 줄이야.

벽은 균열이 생겨 있었고 구멍이 뚫려 있는 곳도 있었다.

어쩌면 지붕에도 구멍이 뚫려 있을지도 몰랐다.

클리프에 대한 평가가 더욱 내려갔다.

고블린 킹의 검, 양보하는 게 아니었는데…….

국왕에게 잘 보이기 전에 할 일이 있을 텐데.

검을 팔고 받은 돈을 고아원을 위해 사용하는 편이 나았을지도 모른다.

아이들의 안내로 고아원까지 오자 집 안에서 연배가 있어 보이는 여성이 나왔다.

"어느 집 아가씨죠? 저는 이 고아원을 관리하는 원장 보우라고 합니다."

"저는 모험가인 유나입니다. 이 아이들을 중앙 광장에서 봐서요."

"중앙 광장……. 또 간 거니?"

원장 선생님은 아이들을 봤다.

"죄송합니다."

"선생님, 죄송해요."

아이들은 차례로 사과했다.

"아니다. 내가 너희를 못 먹이고 있는 게 문제니……. 설마 이 아이들이 당신에게 무슨 짓을 했나요?"

"아뇨. 이 아이들이 광장에서 배고파하는 것 같아서요."

"죄송합니다. 창피하지만 먹을 게 없어서요."

원장 선생님은 약간 말하기 어려운 듯 대답했다.

"마을에서 보조금 같은 건 없나요?"

"작년부터 점점 줄더니 3개월 정도 전부터 끊겼습니다."

"끊겼다니……."

그 영주…….

"네, 저희에게 쓸데없이 줄 돈은 없다면서……."

"그럼 식사는 어떻게 하죠?"

"식당이나 여관, 채소 가게, 과일 가게에 가서 상처 나서 손님들에게 팔 수 없는 것을 얻고 있어요."

클리프…….

점점 분노가 치솟았다.

"하지만 양이 부족해서 이 아이들이 중앙 광장으로 가서……."

원장 선생님의 목소리가 점점 작아졌다.

"원장 선생님. 재료를 드릴 테니까 이 아이들이 배불리 먹을 수 있게 해주세요."

고아원의 부엌으로 안내를 받았다. 곰 박스에서 해체된 울프 고기를 꺼냈다.

고기만으론 영양가가 편중되기 때문에 사 뒀던 빵과 오렌 과즙이 담긴 나무통을 꺼냈다.

"저기, 유나 님."

"네, 원장 선생님도 도와주시겠어요? 그보다 이 고아원에 선생님은 원장 선생님 한 명뿐인가요?"

"아뇨, 리즈라는 여자아이가 있는데 지금은 먹을거리를 얻으러 나갔습니다."

그럼 이 고아원은 둘이서 보살피고 있다는 건가.

울프 고기를 굽고, 빵을 준비하고, 오렌 과즙을 차려서 테이블에 두었다.

"다들 먹을 수 있으니까 싸우지 말고 먹어."

"여러분, 유나 님께 감사하며 먹으세요."

아이들은 원장 선생님의 말과 동시에 먹기 시작했다.

다들 경쟁하듯 음식을 먹었다.

그 얼굴에는 미소가 번져 있었다.

"유나 님, 고맙습니다. 저 아이들이 미소를 짓는 건 오랜만이에요."

"울프 고기는 아직 있으니까 부족하면 구워주세요."

"고맙습니다."

아이들이 먹는 모습을 잠시 보다가 밖으로 나가려 했다.

그것을 눈치챈 아이들 몇 명이 따라왔다.

"곰 언니, 어디 가세요?"

"집 좀 고치려고. 집에 이렇게 구멍 뚫려선 춥잖아."

밖으로 나가 금이 가고 구멍이 난 곳을 확인하고, 그곳을 흙 마법으로 채워 갔다.

"굉장해요! 곰 언니."

"구멍 난 곳이 더 있다면 알려주겠니?"

살고 있는 아이들이 더 잘 알 것이다.

가르쳐준 곳을 고쳤다.

지붕 위에도 올라갔지만 비가 새는 곳을 몰라 얇은 흙으로 지붕 전체를 덮었다.

이어서 건물 안으로 들어가 집 안 벽도 고치자 원장 선생님이 다가왔다.

"뭘 하고 계시는 거죠?"

"벽을 복구하고 있어요. 이대로는 틈새로 바람이 들어와 추울 거 아니에요."

벽을 흙 마법으로 덮었다.

더 나아가 침대로 가득한 방을 발견했다.

이곳에서 다 같이 자는 건가.

일단 남녀로 나뉘어져 있는 것 같긴 하지만 좁은 방에 침대가 꽉 차 있었다.

침대에는 작은 수건이 놓여 있을 뿐이었다.

이게 이불 대신이야?

이거 가지곤 추울 텐데…….

분명 이 고아원에 있는 인원이 스물 세 명이었지.

울프 가죽을 서른 장 꺼내 원장 선생님에게 건넸다.

"유나 님?"

"아이들에게 전해주세요. 침대에 있는 수건 한 장으로는 춥잖아요. 원장 선생님 몫과 여분의 이불도 있어요."

각 방을 돌며 벽 복구를 끝냈다.

식당으로 돌아오자 다들 식사를 끝낸 상태였다.

하지만 여유분으로 준비해 두었던 울프 고기가 그대로 있었다.

"더 안 먹어요?"

"네. 유나 님이 허락해주신다면 내일 먹으려고요. 아이들도 오늘 먹기보다 내일 먹고 싶다고 했거든요."

"아, 죄송해요. 말하는 걸 잊었네요. 며칠분의 고기를 준비해 둘 테니까 먹어도 돼요."

새롭게 곰 박스에서 울프 고기와 빵을 꺼냈다.

이만큼 있으면 며칠은 거뜬하겠지.

"저기. 왜 이렇게까지 해주시는 거죠?"

"어른이 돼서 못 먹는 건 일을 하지 않는 그 사람 탓이에요. 하지만 아이들이 못 먹는 건 아이들이 아니라 어른들 탓이에요. 부모가 없으면 주변 어른들이 도와줘야 해요. 그래서 저는 아이들을 위해 힘쓰고 계시는 원장 선생님의 편이에요."

"고, 고맙습니다."

"그리고, 여기 영주와 조금 아는 사이니까 보조금을 받을 수 있도록 말해 둘게요."

뭐라고 한마디 하지 않으면 분이 풀리지 않을 것 같으니 말이지.

"그건 하지 말아주세요."

하지만 원장 선생님에게 저지를 당했다.

"왜죠?"

"이 땅도 영주님 덕분에 빌리고 있는 상태예요. 만약 노여움을 사서 쫓겨나기라도 한다면 저희는 갈 곳이 없어져버려요."

"여기 영주가 그렇게나 나쁜 사람이에요?"

"저희에게 살 장소를 무상으로 빌려주셨으니 그렇지는 않아요……."

"하지만 보조금이 안 나오잖아요."

"살 곳이 있는 것만으로도 감사할 따름이에요."

클리프 최악이네. 한마디가 아니라 한 방을 날려주고 싶어지는데?

"일단 저는 가볼게요."

"네, 고마웠습니다."

"곰 언니, 가려고요?"

아이들이 모였다.

"또 올게."

아이들의 머리를 쓰다듬어 줬다.

"얘들아, 유나 님이 난처해하시잖니. 고맙다고 해야지."

"곰 언니, 고맙습니다."

"고맙습니다."

아이들이 웃으며 감사 인사를 했다.

활기를 찾아서 다행이야.

43 곰 씨, 고아원을 위해 움직이다

곰 하우스로 돌아와 고아원에 대해 생각했다.

살기 위해서 필요한 것들.

의식주 세 가지.

의, 당장 필요하지는 않았다.

식, 며칠 있으면 필요해질 것이다.

주, 집은 복구했으니 당분간은 괜찮았다.

역시 제일 문제는 먹을 거겠는데…….

포장마차 아저씨 말대로 매일 먹을 걸 가져갈 수는 없었다.

하지만 이미 손길을 뻗었기 때문에 내빼고 싶지는 않았다.

어떡할지 고민하고 있자, 문을 두드리는 소리가 들리더니 피나가 부르는 목소리가 들렸다.

"피나, 해체 끝났니?"

"네. 그래서 길드 마스터가 유나 언니를 불러오라고 하셨어요."

고아원 일은 답이 나오지 않아서 우선은 피나를 데리고 길드로 가기로 했다.

"오, 왔나."

길드 마스터가 친히 맞아주었다.

"블랙 바이퍼는요?"

"아, 냉장창고에 두었지."

냉장창고로 가보니 대량의 가죽과 고기, 이빨이 산더미처럼 쌓여 있었다.

"길드는 얼마만큼 원해요?"

"많으면 많을수록 좋지."

"절반은요?"

"조금 더 줬으면 좋겠는데."

"그럼 제가 3분의 1 가질게요."

"으음, 알겠다."

길드 마스터에게 대답을 받고 내가 갖기로 한 양을 곰 박스에 넣었다.

"그리고 이게 마석이야. 솔직히 말하자면 팔아주길 바라지만."

마석은 여러 가지를 만드는 데 필요하기 때문에 최근엔 팔지 않고 모아 두고 있었다.

블랙 바이퍼의 마석은 어디에 쓸지 정하진 않았지만 팔 생각은 없었다.

"돈은 조금만 더 기다려주게. 양이 양이니만큼 시간이 조금 걸려."

"언제든 상관없어요."

길드를 나왔을 때는 해가 저물고 있었다.

오늘은 곧바로 곰 하우스로 돌아왔다.

저녁 식사와 목욕을 마치고 침대 위에 누웠다.

블랙 바이퍼의 소재로 고아원을 도와줄 방법을 생각했지만 떠오르지 않았다.

팔면 돈은 되지만 그뿐이었다.

블랙 바이퍼를 쓰러뜨렸으니 레벨이 올랐나 싶어 스탯 화면을 불러냈다.

최근엔 울프나 고블린 같은 낮은 랭크의 마물만 쓰러뜨려서 레벨은 오르지 않았지만, 블랙 바이퍼를 쓰러뜨린 덕에 레벨이 올라 새로운 스킬을 터득한 상태였다.

곰 이동 문

문을 설치하여 서로의 문을 왔다 갔다 할 수 있게 된다.

문을 3개 이상 설치한 경우에는 행선지를 상상하여 이동할 곳을 정할 수 있다.

이 문은 곰 장갑을 사용하지 않으면 열리지 않는다.

오, 편리한 스킬이 떴잖아.

하지만 설치형이라니 조금 불편하네. 상상한 장소로 이동할 수 있는 마법이라면 편리할 텐데.

하지만 이 정도로도 충분히 편리하니까 감사해야지.

바로 시험해보기 위해 침대에서 일어나 방에 곰 이동 문을 설치했다.

곰이 새겨진 여닫이문이 설치됐다. 의외로 컸다. 곰돌이와 곰순이가 충분히 들어갈 수 있는 크기였다.

다음으로 1층 방으로 가서 동일하게 곰 이동 문을 설치했다.

문을 열자 2층에 있는 내 방이 나왔다.

편리하네.

하지만 밖에 설치할 경우 장소를 생각해야 했다.

한번 이용하면 사라지는 게 아니라서 이상한 곳에는 설치할 수 없었다.

흙 문은 발이라든가 곰돌이, 곰순이와 이동하는 경우라든가, 의외로 불편한 점이 많았다.

순간 이동이라면 그런 걸 생각하지 않아도 되고 전투에서도 쓸 수 있을 텐데 아쉬웠다.

일단은 피나가 왔을 때를 생각해 곰 이동 문은 없애 두었다.

으~음, 곰 이동 문이라니, 이름이 기네.

줄여서 곰 문은 어떨까?

순간 한기를 느꼈다.

감기라도 걸렸나? 이름은 다음에 생각하기로 하고 오늘은 일찍 자기로 했다.

오늘도 아침 식사로 달걀 프라이와 채소를 빵에 끼워 먹었다.
빵을 씹은 순간 좋은 아이디어가 떠올랐다.
맞아. 이게 있었지.
빵을 덥석 물었다.
달걀이었다.
달걀을 만들어 팔 수 있다면…….

아침 식사를 마치고 상업 길드로 향했다.
상업 길드에 도착하니 저번에 왔을 때보다 사람이 많은 것 같았다.
아니, 확실하게 많았다. 사람이 입구에서부터 넘쳐 나고 있었다.
이래서야 안으로 들어갈 수 있을까?
내가 입구에 서 있자—.
"곰이다."
"설마 그 곰?"
"블랙 바이퍼를—."
사람들의 말소리가 들려왔다. 그리고 내가 한 발자국 내딛자 길이 생겼다. 마치 모세의 기적과도 같이 상업 길드 안에 길이 생겼다.

길이 생겼기 때문에 사양 않고 안으로 들어갔다. 그리고 저번에 신세를 졌던 밀레느가 있는지 찾아봤다.

밀레느가 있었다.

하지만 접객 중인 모양이었다.

어떻게 할까 잠시 생각하고 있는데, 밀레느가 접객을 끝내고 나를 알아봤다.

"유나 님!"

밀레느가 내게 말을 건넸다.

다음 사람이 줄 서 있는데 괜찮은가?

"무슨 일이세요?"

"밀레느 씨에게 상담하고 싶은 일이 생겨서요."

그렇게 말하면서 줄 서 있는 사람들을 봤다.

"그럼 말씀하세요."

"괜찮아요?"

"그럼요. 다른 사람으로 바꾸면 돼요. 그럼 유나 님, 여기서 상담을 들어보죠."

줄 서 있는 사람들의 시선이 무서운데…….

새치기를 한 거니까 어쩔 수 없지만, 내 탓은 아니잖아.

밀레느는 다른 직원을 자리에 앉히고 나를 다른 방으로 데려갔다.

“제법 붐비던데 무슨 일 있나요?”

“유나 님. 정말 그걸 몰라서 물으시는 거예요?”

어이없다는 눈으로 바라봤다.

“……?”

상업 길드가 붐비는 이유를 내가 알 리가 없었다.

“하아~.”

왜 한숨을 쉬는 거지?

“진짜 모르시는 것 같네요. 모두들 유나 님이 토벌한 블랙 바이퍼의 소재를 사러 오신 거예요. 어제부터 대단하다니까요. 수량에 제한이 있는데 다들 많이 사려고 하시니까…….”

“그래요?”

“특히 블랙 바이퍼의 가죽과 이빨은 인기가 많아요. 고기도 고급 식자재가 되고, 왕도에 팔러 가는 상인도 있을 정도라니까요.”

“그렇게 인기가 있군요.”

“네, 유나 님의 덕을 보고 있죠.”

밀레느는 작게 고개를 숙였다.

“그래서, 상담이란 게 뭐죠? 유나 님의 부탁이라면 어느 정도의 무리는 감수할게요.”

그건 고맙네.

그럼 사양 않고 부탁해볼까.

"고아원 있죠?"

"마을 구석에 있는 고아원 말인가요?"

"맞아요. 그 근처의 땅을 팔아줄 수 있나요?"

"고아원 근처의 땅을요? 잠시 알아볼 테니 기다려주세요."

밀레느는 방에서 나가 자료를 가지고 바로 돌아왔다.

여전히 빠릿빠릿하다.

"알아보니 괜찮다고 합니다. 고아원도 있어서 그 땅을 이용하는 사람은 없어요."

"고아원이 있으면 안 되는 거예요?"

"속된 말로 하자면 교육을 받지 않은 아이들이니까, 무슨 건물을 짓던 안 좋은 일을 당할 수도 있죠. 게다가 마을 구석이라 원래 인기가 없는 땅이기도 해요."

확실히 꾀죄죄한 아이들이 근처에 있다면 기분이 상하는 사람도 있을 것이다.

"그럼 그 땅을 제가 사도 문제없겠네요."

"네. 문제는 없습니다."

"그렇다면 그 일대의 땅을 팔아주세요."

"실례지만 어쩌실 생각이시죠?"

"으음~, 비밀이에요."

"비밀이요?"

"이게 가능할지 확실하지 않거든요."

제시받은 금액을 지불하고 토지 권리서를 받았다.

고아원 주변의 땅은 내 것이 되었다.

일단 곰 하우스로 돌아가 창고에 이동 문을 설치했다.

설치가 끝나고 마을 밖으로 나가 곰돌이를 불러냈다.

지금 출발하면 오늘 중에는 도착할 것이다.

곰돌이, 곰순이를 타고 블랙 바이퍼를 쓰러뜨렸던 마을로 향했다.

두 번째이기도 하고 소년도 타지 않은 탓에 전보다도 빨리 도착했다.

저번에 쓰러뜨렸을 때 곰 이동 문 스킬을 알았다면 두 번 수고하지 않아도 됐을 텐데.

뭐, 이제 와서 불평해도 어쩔 수 없었다.

이번에는 마을에 들어가지 않고 마을에서 조금 떨어진 산으로 들어갔다. 서두르지 않으면 해가 저물어 어두워질 것이다.

"어디 좋은 장소 없나……."

산에 들어간 후, 얼마 지나지 않아 절벽 아래에 딱 좋은 장소를 발견했다.

여기면 되려나? 여기라면 사람도 오지 않을 테니…….

절벽 아래로 내려가 굴을 팠다.

입구는 곰돌이와 곰순이가 들어갈 정도의 크기로 하고, 안쪽

구멍엔 큰 동굴을 만들었다.

구멍 안은 어두워서 곰 라이트를 두 개 정도 만들어 작업을 계속했다.

세세한 부분은 나중에 하기로 하고 입구는 흙 마법으로 채워 이동 문을 설치한 뒤 문을 빠져나왔다.

"다녀왔습니다."

한순간에 곰 하우스의 창고로 돌아왔다.

역시 편리한 스킬이네.

44 곰 씨, 새를 키우다

다음 날 아침 일찍, 어제 설치한 곰 이동 문을 이용해 블랙 바이퍼를 쓰러뜨린 마을로 향했다.

마을에 들어서자 나를 알아본 마을 사람들이 다가왔다.

"어쩐 일이세요?"

"촌장님을 만나고 싶은데, 가능할까요?"

"그럼요. 괜찮을 거예요."

마을 사람들은 친절하게 촌장님의 집으로 안내해 주었다.

"이런, 유나 님. 어쩐 일이죠?"

촌장이 미소로 맞이해 주었다.

"좋은 아침이에요. 부탁이 있는데요……."

"유나 님의 부탁이라면 들어야지요."

"일전에 주신 꼬끼오 말인데요. 산 채로 잡아주실 수 있나요?"

"산 채로 말인가요? 덫 같은 것들을 설치하면 비교적 쉽게 잡을 수 있긴 할 겁니다."

"그럼 부탁 좀 드려도 될까요? 알을 얻고 싶으니까 되도록이면 암컷으로 부탁드릴게요."

"마을을 구해주신 유나 님의 부탁인걸요. 몇 마리 정도를 원하시나요?"

"많으면 많을수록 좋겠지만, 그러면 마을의 몫이 줄어들 테니 마을에 영향을 끼치지 않는 정도로 잡아주시면 고맙겠습니다."

"알겠습니다. 그럼 바로 마을 사람들을 불러서 시키겠습니다."

"고맙습니다."

이렇게 꼬끼오를 손에 넣는다면 갓 낳은 알을 얻을 수 있을 것이다.

"그동안 유나 님은 뭐 하실 건가요?"

"시간이 얼마나 걸릴 것 같나요?"

"글쎄요. 점심때까지 두세 마리는 잡을 수 있을 거예요."

"그럼, 점심때 돌아올게요. 잠시 산에 다른 용무가 있어서요."

나는 촌장에게 꼬끼오를 부탁하고 이동 문이 있는 동굴로 돌아왔다.

동굴 안으로 들어가 일단 이동 문을 없앴다.

동굴을 더욱 넓혀 흙 마법으로 집을 만들었다.

1층짜리 집으로 새끼 곰의 모습을 하고 있었다.

집 구조는 부엌, 화장실, 욕실, 방으로 되어 있었다.

각 공간에 빛의 마석을 설치하고, 마지막으로 새끼 곰 집 현관문 옆에 곰 이동 문을 설치했다.

이것으로 거점 1호가 완성됐다.

마을로 돌아가자 밧줄에 묶인 꼬끼오 스무 마리 정도가 있었다.

생각했던 것보다 많았다.

"이렇게나 많이 주셔도 괜찮아요?"

"곧 태어날 새끼를 키우면 되니까 괜찮아요. 무엇보다도 이 주변은 마물이 없어서 새들도 키우기 쉬운 환경이니 안심하고 가져가세요."

마물(먹이)이 없어서 블랙 바이퍼가 사람들이 사는 마을까지 온 건가?

마을 사람들이 꼬끼오가 곰돌이와 곰순이에게서 떨어지지 않도록 밧줄로 묶어주었다. 곰 박스에 산 채로 넣어버릴 수 있다면 좋았겠지만 그럴 수 없기 때문에 어쩔 수 없었다.

"정말 지금부터 돌아가시는 건가요?"

"얼른 가고 싶어서요."

"그렇군요. 대접해드리고 싶었는데."

"충분해요."

인사를 나눌 때, 꼬끼오 몫의 돈을 내려 했지만 촌장은 받으려고 하지 않았다.

"아뇨, 마을을 구해주신 유나 님에게 돈을 받을 순 없어요."

하지만 그럴 수는 없었기에 억지로 촌장에게 건네주고 곰돌이와 곰순이를 달리게 했다. 그대로 이동 문이 있는 동굴까지 와서 크리모니아 마을에 있는 곰 하우스로 이동했다.

이대로 고아원으로 향하고 싶었지만 마을 안에서 곰돌이와 곰순이를 달리게 할 수는 없었다. 그런 일을 저지른다면 큰 소동이 일어날 것이다.

그래서 밤이 될 때까지 기다리기로 했다.

꼬끼오는 여전히 곰돌이와 곰순이에게 묶여 있었지만 죽지는 않겠지.

밖이 어두워지고 깊은 밤, 곰들이 움직이기 시작했다.

암흑 속을 곰들이 달렸다.

아무도 없는 길을 달리는 곰들.

뭐? 이동 문을 쓰면 되지 않냐고?

곰들을 타고 마을 안을 달리고 싶었을 뿐이야.

고아원 옆을 지나 상업 길드에서 산 땅에 도착했다.

곰돌이에서 내려와 땅을 확인했다.

이 근처면 되려나.

흙 마법으로 작은 닭장을 만들었다.

그리고 닭장 주위에 높이 3미터 정도 되는 벽을 에워싸듯이 만들었다.

이 정도 높이라면 도망치지 않겠지.

곰돌이와 곰순이를 데리고 닭장으로 들어가 꼬끼오를 묶은 끈을 풀었다.

끈에서 해방된 꼬끼오들은 닭장 안을 빙빙 돌았다.

살아 있는 것이 확인되어 안심했다.

다음 날 아침, 아침 식사를 마치고 고아원으로 향했다.

고아원에 가보니 닭장 벽 앞에 아이들이 모여 있었다.

"곰 언니?!"

아이들이 내 존재를 알아차리고 다가왔다.

"곰 언니! 아침에 일어났더니, 갑자기 벽이 생겼어요."

손짓으로 열심히 설명해주려고 했다. 그런 아이의 머리에 손을 얹었다.

"내가 만들었거든."

"언니가요?"

고아원 아이들이 나를 바라봤다.

"일단, 원장 선생님하고 다 같이 이야기할 테니까 고아원으로 가자."

아이들을 데리고 고아원으로 가 원장 선생님을 만나기로 했다.

고아원에 도착하자 원장 선생님과 스무 살 전후로 보이는 여자가 있었다.

이 사람이 원장 선생님이 말했던, 고아원에서 일한다는 리즈라는 사람인가?

"이쪽은 유나 님이에요. 일전에는 고마웠습니다. 그리고 이쪽이 전에 말씀드린 리즈예요."

"리즈라고 합니다. 식자재 일은 감사했습니다."

리즈가 고개를 숙였다.

"오늘은 어떤 용건으로 오셨나요?"

"아이들에게 일거리를 주고 싶은데 괜찮을까요? 물론 돈은 드릴게요."

"아이들에게 일거리를요?"

"걱정하지 않으셔도 돼요. 위험한 일은 아니거든요."

"어떤 일이죠?"

"밖에 있는 벽은 보셨나요?"

"네. 아침에 일어나 보니 벽이 생겨 있어서 아이들이 소란을 피웠거든요."

"벽은 어젯밤 제가 만든 거예요. 저 벽 안에서 아이들이 꼬끼오들을 보살펴줬으면 좋겠는데요."

"하룻밤 사이에 벽을 만들었다고요?"

"꼬끼오들을 돌봐요?"

원장 선생님과 리즈는 각자 다른 이유로 놀랐다.

나는 마법으로 벽을 만들었다고 말한 뒤 일거리의 내용을 설명했다.

이른 아침에 알을 확보하고, 닭장을 청소하고, 꼬끼오들을 돌봐주길 원한다는 것. 그리고 꼬끼오는 식용이 아니라는 것을 주의해 두었다.

"그러니까, 꼬끼오의 알을 팔아 장사를 하겠다는 말씀이신가요?"

"이 마을에서는 새알의 가치가 높은 것 같아서요."

"정말 그것만으로 돈을 벌 수 있나요?"

원장 선생님은 믿을 수 없다는 듯 나를 봤다.

"그 외에도 부탁하고 싶은 게 있지만 지금은 그것뿐이에요. 어떤가요?"

원장 선생님은 아이들 쪽을 봤다.

"너희는 어떻게 할래? 유나 님이 일거리를 주신다는데. 일을 하면 밥을 먹을 수 있게 될 거야. 일을 안 하면 며칠 전 상태로 돌아갈 거고. 참고로 유나 님이 먹을 걸 가져다주시는 일은 이제 없을 거야."

원장 선생님은 아이들에게 물었다.

아이들은 나와 원장 선생님의 말을 듣고 서로의 얼굴을 쳐다본 후, 고개를 끄덕였다.

"할게요."

"하게 해주세요."

"저도 할래요."

"저도요."

"저도요."

아이들이 힘차게 대답했다.

"다들 하겠다는 거지?"

전원이 대답했다.

"유나 님. 이 아이들을 부탁할게요."

고개를 깊게 숙이는 원장 선생님.

"네, 그리고 리즈 씨 좀 빌려도 될까요?"

"저요?"

"네, 이 아이들을 봐주는 일을 부탁하고 싶은데요."

"그런 거라면 상관없어요. 리즈, 유나 님의 지시를 잘 따르도록 해요."

"네, 원장 선생님."

문을 열어 벽 안으로 들어간 후, 닭장에 들어갔다.

닭장에 들어서자 꼬끼오들이 자고 있었다.

"너희의 일은—

첫 번째, 밖이 밝을 때는 아침에 제일 먼저 새들을 새장 밖으로 꺼낼 것.

두 번째, 새장에 있는 알을 확보할 것.

세 번째, 새장을 청소할 것.

네 번째, 새들에게 물과 먹이를 줄 것.

다섯 번째, 마지막에는 새들을 새장 안으로 돌려보낼 것.

—할 수 있겠니?"

아이들에게 물었다.

아이들은 망설임 없이 대답했다.

"그럼 새들을 꺼내주렴. 새들이 낳은 알은 너희가 먹을 것들을 살 돈이 되니까 조심히 다루고."

아이들은 일제히 대답했다.

"알은 용기에 넣어."

흙 마법으로 달걀용 케이스를 만들었다.

달걀 형태를 띤 구멍 열 개가 있는 케이스였다.

여분도 포함해서 케이스를 백 개 정도 만들어 두었다.

아이들이 꼬끼오의 알을 가지고 왔다.

구멍 열 개가 채워졌다.

딱 한 팩 분량이었다.

"리즈 씨, 채소 자투리가 있던가요?"

"네. 있어요."

"그걸 새들에게 먹여주시겠어요?"

"그건……."

채소 자투리도 리즈 씨가 머리를 숙여 얻어 온 먹을거리였다.

그걸 새들에게 먹이기엔 망설임이 있을 것이다.

"벌써 나를 믿으라고 할 수는 없지만, 리즈 씨가 얻어 온 채소는 새들의 영양이 돼서 알을 낳게 해줄 거예요."

"……알겠습니다."

나를 믿어준 것인지는 알 수 없지만 리즈는 승낙했다.

"그럼 리즈 씨. 뒷일을 부탁해도 될까요?"

"어디 가시려고요?"

"모처럼 알을 낳았으니 팔러 가야죠."

나는 꼬끼오의 알을 가지고 그곳으로 향했다.

45 곰 씨, 상업 랭크 F가 되다

그곳은 바로 상업 길드였다.

상업 길드는 어제와 마찬가지로 많은 사람들로 북적이고 있었다.

이게 모두 내 탓이라고는 생각하고 싶지 않았다.

인파 속으로 들어가려 입구로 향하려는데 티루미나 씨를 발견했다.

티루미나 씨와 눈이 마주쳤다.

"유나?"

"티루미나 씨, 안녕하세요? 어쩐 일이세요? 이런 곳에서."

"나는 상업 길드에 일감이 없나 알아보러 왔어."

"일감이요?"

"그래. 사실 모험가로 복귀하려 했지만 가족들이 말리는 바람에 말이야. 그래서 읽고 쓰고 계산도 할 수 있으니까 그 방면으로 일이 없는지 상업 길드에서 찾아보러 왔어."

읽고 쓰기…….

계산…….

"티루미나 씨, 제 쪽에서 일하실래요?"

"유나 쪽?"

"새로운 장사를 시작했는데요. 티루미나 씨의 도움을 받으면 좋을 것 같아서요."

달걀 관리와 상업 길드와의 중개인이 필요했다.

"그래서 어떤 일인데?"

"여기에서 설명하는 건 좀……."

주변에는 상인들이 많이 있었다.

달걀 정보가 알려지는 건 아직 원치 않았기에 장소를 옮기기로 했다.

귀찮지만 일단 곰 하우스로 돌아왔다.

"그래서, 장사라니?"

곰 하우스 안으로 들어가 티루미나 씨에게 마실 거리를 드리고 일의 내용을 설명했다.

고아원에서 꼬끼오를 기르고 있다는 것.

알을 낳도록 만들어 놓은 것.

상업 길드에서 판매하고 싶다는 것.

"관리라는 건 꼬끼오의 관리를 말하는 거야? 난 새 같은 거 키워본 적이 없는데……."

"새 관리는 고아원 아이들이 해줄 거예요. 티루미나 씨에겐 상업 길드에 판매하는 걸 부탁하려고 하는데요."

"판매?"

"지금부터 상업 길드로 가서 꼬기오의 알 판매 계약을 하고 오려고 해요. 티루미나 씨에게는 경리, 회계, 알 개수 확인, 가격 확인, 그리고 거래처의 위조나 부정이 없는지 등의 확인을 부탁하고 싶어요."

말하는 것만으로도 귀찮아졌다. 티루미나 씨가 받아들이지 않는다면 당분간은 내가 해야 했다.

"이야기는 알겠는데, 이거 꽤 중요한 일이잖아. 내가 해도 되겠어?"

"저는 이 마을에서 알고 지내는 사람이 거의 없기도 하고, 티루미나 씨라면 충분히 어떤 사람인지 알고 있으니까요."

이유를 설명하자 티루미나 씨는 기쁜 듯 미소 지었다.

"응, 알았어. 할게. 유나에게는 나도 그렇고 딸도 신세를 지고 있기도 하고. 게다가 일을 하려고 했으니 나야 고맙지."

이것으로 사무 담당 GET!

내 일이 착착 줄어 갔다.

티루미나 씨와 이야기를 마쳤기에 거래를 하러 다시 상업 길드로 향했다.

아직도 사람이 넘치고 있었다.

내가 전날과 같이 상업 길드의 입구에 들어서자. 「곰이다!」「곰!」「곰이 왔다!」라는 말소리가 들려왔다.

대단한 인파인데도 갑자기 통로가 생겼다.

"유나, 대단하다."

티루미나 씨가 그런 광경을 보고 기가 막힌 표정을 지었다. 티루미나 씨는 블랙 바이퍼 일을 모르시나?

나는 길드 안으로 들어가 접수대 쪽을 봤다. 접수원이 여러 명 있었다.

일전에 신세를 진 밀레느를 찾았지만 없는 것 같았다.

오늘은 쉬는 날인가?

되도록이면 얼굴을 아는 사이가 좋은데. 어쩔 수 없이 접수대에 줄을 서려고 하는데 누군가가 뒤에서 말을 건네왔다.

"어머, 유나 님. 오늘은 어쩐 일이세요? 게다가 이분은?"

뒤를 돌아보자 밀레느가 있었다.

"왜 뒤에서……?"

"휴식 시간이어서 밖에 좀 다녀왔거든요. 유나 님은 길드에 무슨 일이시죠?"

"어떤 걸 팔고 싶어서 밀레느 씨와 상담을 좀 하고 싶은데요."

"어떤 거요?"

밀레느의 눈이 반짝 하고 빛났다.

무섭다…….

"그럼, 별실에서 이야기를 듣도록 하죠."

나는 밀레느에게 붙잡혀 끌려갔다.

그 뒤를 티루미나 씨가 따라왔다.

"그래서, 이야기가 뭐죠?"

작은 별실. 큰 책상이 있고 그 주변에 의자들이 나열돼 있었다.

우리는 밀레느의 맞은편에 앉아 곰 박스에서 달걀을 꺼냈다.

"이건 꼬끼오의 알이잖아요."

"이 알을 정기적으로 팔고 싶은데, 팔 수 있을까요?"

"정기적으로요? 어느 정도를 말씀하시는 거죠?"

"한동안은 하루에 10개 정도부터 20개, 나중에는 하루에 1000개가 목표예요."

"1000개라니, 어떻게 확보하시려고요?"

"꼬끼오를 키우게 됐거든요."

"키우다니…… 설마, 고아원 주변 땅에서 말인가요?"

나는 고아원 아이들에게 도움을 받아 새들을 키우고 있다는 것을 설명했다.

"그래서 이 알을 정기적으로 팔 수 있을까요?"

"그렇죠. 가격은 책정하기 나름이겠지만 가능합니다."

"가격은 밀레느 씨에게 맡길게요."

전문적인 건 전문가에게 맡기는 것이 제일이다. 그리고 애초에 달걀 가격을 몰랐다.

“하지만 괜찮으시겠어요?”

“뭐가요?”

“알 수가 늘어나면 필연적으로 가격이 떨어질 거예요. 그러니 무리하게 수를 늘릴 필요는 없지 않을까요?”

“그럴 이유가 몇 개 있는데, 이 새알을 보통 사람들도 먹을 수 있게 하고 싶어요. 그리고 이 알을 만드는 게 고아원이란 건 언젠가 밝혀질 거라고 생각해요. 그때, 가치가 있는 소량의 알보다도 가치가 낮은 대량의 알 쪽이 빼앗기지 않겠죠. 그렇게 되면 고아원 아이들도 안전할 거고요.”

그리고 이 세계에서는 달걀의 가치가 높기 때문인지 달걀 요리의 가짓수가 너무 적었다.

“게다가 저렴해지면 새알 요리도 늘어나지 않을까요?”

나의 그런 설명에 밀레느, 티루미나가 놀랐다.

돈을 벌 생각이 없이 장사를 하는 사람은 적은 모양이었다.

어느 세계라도 상인은 돈을 버는 것을 제일로 생각하는 인종이니까.

그 후, 티루미나 씨를 포함해 셋이서 이야기를 나눠 계약서를 작성했다.

달걀은 매일 고아원 근처에 있는 닭장으로 와서 가져가기로 했다.

달걀의 판매 가격은 길드에게 맡겼다. 비싸게 매겼다가 안 팔리면 곤란하기 때문이다.

먹이인 채소 자투리는 길드가 준비하기로 했다. 이것으로 리즈 씨의 부담이 줄어들었다.

달걀 인도는 기본적으로 티루미나 씨가 맡을 것.

달걀의 입수 경로 및 생산자에 대해서는 비밀로 할 것.

그리고 마지막에 『어떤 내용』을 추가로 넣었다.

"이제 계약서는 된 거죠?"

"네, 됐어요."

"그럼 유나 님, 상업 길드에 등록할 테니 길드 카드를 주시겠어요?"

"등록이요?"

"네, 상업 길드에 등록하지 않으면 장사를 할 수 없어요."

그런 건 어린애라도 알아요, 라는 얼굴을 하지는 말아주세요.

"저만 등록하면 되나요?"

"아뇨, 티루미나 씨도 부탁드릴게요. 거래를 할 때 길드 카드 확인이 필요해서요."

"길드 카드는 모험가 길드에서 만든 카드여도 돼요?"

"네, 길드 카드는 기본적으로 모두 같습니다. 카드의 내용을 덧

붙이는 것뿐이니 모험가 길드에서 만든 것이어도 괜찮습니다."

나와 티루미나는 밀레느에게 길드 카드를 건넸다. 카드를 받아 든 밀레느는 방구석에 있는 수정판 쪽으로 이동했다. 그리고 길드 카드를 수정판에 올려 조작했다.

등록은 몇 분 만에 끝났고, 길드 카드를 돌려받았다.

"그럼, 상업 길드 카드에 대해 설명할게요."

카드를 확인했다.

이름: 유나

나이: 15세

직업: 곰

모험가 랭크: D

상업 랭크: F

여전히 직업은 그대로 곰이었다.

새롭게 상업 랭크가 추가되어 있었다.

"상업 랭크란 모험가 랭크와 마찬가지로 상인으로서의 레벨을 나타냅니다. 랭크가 높을수록 신용도가 높아지죠. 그렇기 때문에 새로운 마을에서 장사를 할 때 랭크가 높으면 여러 가지로 우선시되는 일이 많습니다."

"우선시?"

"그 마을의 입지 조건이 좋은 땅을 빌릴 수 있다거나, 필요한 사람을 소개받는다거나, 물자를 우대받는다거나 그런 것들이죠. 그 사람이 대단한 상인이라면 마을에 은혜를 가져다주기 때문이에요."

그렇군.

랭크가 높으면 신용도 높아진다 이거지? 그건 모험가도 마찬가지였다.

"그럼, 어떻게 해야 랭크가 오르죠?"

"상업 길드에 대한 공헌도에 달렸습니다. 간단하게 말하자면 얼마만큼 세금을 내는가에 따르죠."

퍽 알기 쉬운 설명이군.

"그리고 어느 마을에서나 그렇지만, 장사를 할 때는 상업 길드의 허가가 의무적으로 필요합니다."

즉, 멋대로 장사를 하지 말라는 거겠지.

하지만 지금 상황에서 가게를 낼 예정은 없었다.

"또한, 모험가 길드와 마찬가지로 돈을 맡기실 수 있습니다. 맡기신 돈은 모험가 길드, 상업 길드가 한꺼번에 관리하니 조심하세요. 맡기신 돈은 상업 길드, 모험가 길드 어디서든 인출할 수 있습니다."

모험가 길드에서도 설명을 들은 적이 있지만 나는 사용하지 않았다.

곰 박스가 있기 때문이기도 하지만, 신이 바꿔 준 돈이 대량으로 있었던 것이다.

100억 엔이 101억 엔이 된다고 크게 달라질 건 없었다.

"그럼 매출액은 어떻게 하실 건가요? 현금으로 드릴까요, 아니면 유나 님이나 티루미나 님 중 한 분의 카드로 넣어드릴까요?"

"티루미나 씨의 카드로 부탁해요."

나는 망설임 없이 대답했다.

"잠깐만."

하지만 티루미나 씨가 제지했다.

"매상 전부를 말이니?"

"네. 티루미나 씨와 아이들의 급여로 줄 돈도 필요할 테고, 필요 경비도 들 거 아니에요. 그때마다 제가 준비하는 건 귀찮아서요."

"믿어주는 건 고마운데, 큰 금액이 될지도 모르는 돈을 갖고 있는 건 싫어."

"그럼 금액을 정하는 건 어떠세요? 필요한 금액만큼만 티루미나 씨의 카드로, 나머지 금액을 유나 님에게 넣는 거예요."

"그런 게 가능해요?"

"네. 상인 쪽에서 구입 담당과 급여를 관리하는 사람이 다를 경우, 자주 사용하는 방법이죠."

그렇게 아이들과 티루미나 씨의 급여, 필요 경비를 정하고 나머지를 내 카드에 넣기로 했다.

다음 예정도 있기 때문에 상업 길드를 나왔다.

필요하다면 또 오면 될 일이었다.

오늘 가져온 꼬끼오의 알은 시식용으로 밀레느에게 무료로 주었다.

단골이 될 손님에게 시식을 부탁하기 위해서였다.

일단은 고정 수요를 확보하기 위해 당장 손해를 보더라도, 훗날 큰 이익이 될 것이다.

상업 길드를 나온 우리들은 티루미나 씨의 소개를 포함하여 앞으로의 일들을 이야기하기 위해 고아원으로 향했다.

기본적으로 원장 선생님에게는 지금까지처럼 고아원 관리를 부탁했다.

아이들이 일해서 번 돈을 원장 선생님에게 건네 의식주를 준비해 달라고 한 것이다.

리즈에게는 아이들을 보살펴달라고 했다.

물론 리즈에게도 급여를 지불하기로 했다.

티루미나 씨에게는 꼬끼오의 알과 돈의 관리, 상업 길드와의 연결 고리 역할을 부탁했다.

나?

아무것도 안 한다.

닭장도 만들었고, 울타리 대용품인 벽도 만들었고, 새도 잡았고, 상업 길드와 계약도 했다.

더 이상 내가 할 일은 없었다.

있다면 정기적으로 새를 붙잡아 마릿수를 늘리는 정도려나?

나는 달걀의 생산량을 늘리기 위해 블랜더가 사는 마을 근처 산으로 가서 새를 잡았다.

마을 근처에서 잡으면 폐를 끼칠 것 같아, 마을에서 조금 떨어진 곳까지 잡으러 갔다.

그 덕분에 꼬끼오의 수도 300마리까지 늘어난 데다 알에서 병아리까지 태어나 계속 자랐다.

그러던 어느 날, 영주인 클리프가 집으로 찾아왔다.

"유나, 너에게 묻고 싶은 게 있다."

"뭐죠?"

"왜 우리 포슈로제 가(家)에 알을 팔지 않는 거지?"

46 클리프, 달걀의 미스터리를 쫓다

오늘 오전의 일들을 마치고 쉬고 있었다.

서류를 확인하고 사인을 하는 것뿐이었지만 양이 많아서 성가셨다.

쉬고 있는데 집사인 론드가 집무실로 들어왔다.

"쉬고 계시는데 죄송합니다."

"뭐지, 급한 용건인가?"

"아뇨, 별일은 아니지만 알고 계시는 게 좋을 것 같아서요."

론드가 그렇게 말한 거라면 정말로 별일은 아니겠지만, 신경 쓰이는 부분이 있는 모양이었다.

"최근 꼬끼오의 알들이 대량으로 마을에 유통되기 시작했는데, 조금 이상한 부분이 있습니다."

"뭐가 이상하다는 거지?"

"그게 말이죠. 우선 어디에서 유통되고 있는지를 알 수가 없습니다. 그리고 포슈로제 가의 이름을 대면 팔지 않는다는 점입니다."

"뭐? 그게 무슨 말이야?"

"항상 재료를 사들이고 있는 자에게 물어봐도 말을 돌릴 뿐이었고, 시간이 걸려도 좋으니 부탁한다고 말해도 만족스런 대답은 없었습니다. 그래서 다른 상점에 가니 평소대로 살 수는 있었지만, 포슈로제 가로 배달해 달라고 하면 달걀이 다 떨어졌다거나 예약이 다 차서 당분간은 무리라며 거절당하기 일쑤입니다."

"무슨 일이지?"

확실히 별일은 아니지만 신경이 쓰이는 이야기였다.

"포슈로제 일가에겐 달걀을 팔고 싶지 않다고밖에 보이지 않습니다. 상업 길드에 물어봐도 그저 모르는 일이라는 대답만 합니다."

알 정도는 딱히 먹지 않아도 상관은 없었지만, 기분이 썩 좋지 않았다.

"오후엔 급한 일이 없었지? 상업 길드에 가봐야겠어."

휴식을 급히 마치고 상업 길드로 향했다.

만날 약속도 하지 않았지만 길드 마스터와는 바로 만날 수 있었다.

"클리프 님 아니십니까. 상업 길드까지 어쩐 일이신가요?"

상업 길드의 길드 마스터 밀레느가 어쩐지 수상쩍은 미소를 지으며 다가왔다.

"오늘은 일 때문이 아니야. 개인적으로 묻고 싶은 게 있어서 왔네."

"개인적인 일이요?"

"꼬끼오의 알 말이야."

"꼬끼오의 알이요?"

밀레느는 표정 하나 바꾸지 않고 되물었다.

"그래. 아무래도 나에게 달걀을 팔지 못하도록 하고 있나 본데."

"누가 그런 짓을 하다뇨?"

그녀는 우수하지만 나에게도 아무렇지 않게 거짓말을 했다.

"거짓말하지 마. 정보는 이미 듣고 왔어."

"꼬끼오의 알이 인기가 많아서 품절이 되거나 예약이 다 차서 사지 못하신 건 아니고요?"

"달걀을 파는 사람에게 똑같은 말을 들었지."

"그렇다면 그런 거겠죠."

"그런 말로 내가 납득할 거라고 생각하나?"

"새알 정도 드시지 못해도 문제없지 않나요?"

"나는 누구인지도 모르는 자에게 그런 일을 당하고 있는 게 화가 나는 거야. 딸에게도 알을 먹이고 싶고 말이지."

"그렇다면 따님 몫은 가지고 가시겠어요?"

"내 몫은 없는 건가."

"없습니다."

밀레느는 싱긋 웃어 보였다.

짜증나는 여자다.

나에게 반항할 수 있는 몇 안 되는 자였다.

"어떻게 한들 안 알려줄 셈인가?"

"약속을 했거든요. 클리프 님에게는 알을 팔지 말라고 말이죠."

"그건 영주인 나와의 관계를 깨버릴 만큼의 일인가?"

"그렇답니다. 이번 일로 클리프 님이 나쁜 짓을 하시지 않았다면 저도 당신의 편을 들었을지도 모르지만, 이번엔 그 아이의 편이랍니다. 저는 그 아이가 마음에 들었거든요."

내가 나쁜 짓을 했다고? 게다가 그 아이? 누구 얘기지?

"당신 때문에 괴로워한 아이들이 많았습니다. 그걸 구해준 게 그 아이고요."

괴로워한 아이들? 도대체 그게 누군데? 누군가를 괴롭힌 기억 따위 없다고.

"클리프 님이 훌륭하신 영주라는 건 저도 인정합니다. 하지만 그 아이가 올바르다고 생각하기 때문에 그 아이의 편을 들 생각이에요."

"네가 그렇게 편을 들어주는 건 드문 일이군."

"참 재미있는 아이거든요. 이제껏 많은 사람들을 봐 왔지만 실력, 행동, 생각, 이렇게 치밀한 아이는 처음이에요."

"네가 그렇게까지 말하는 사람이라면 꼬끼오의 알과는 별개로 한번 만나보고 싶어지는군."

"만나게 해드릴 생각은 없습니다."

"적어도 내가 무슨 짓을 했는지는 알려주지 않겠어?"

"안 돼요. 그걸 말하면 그 아이와의 연결 고리를 알게 될 테니까요."

"그럼 저번 빚을 돌려받아야겠군."

"빚이요?"

"국왕께 헌납할 상품을 준비하지 못했었지?"

원래는 상업 길드에서 준비했어야 했지만 그러질 못했다.

"그 얘길 지금 꺼내시나요?"

"그게 상업 길드의 역할이잖아?"

"그러고 보니 국왕께 헌납할 상품은 정하셨나요?"

"그래, 모험가에게 고블린 킹의 검을 양도받았지."

"고블린 킹의 검을?"

"그래, 곰의 모습을 한 모험가가 고블린 킹을 쓰러뜨렸을 때 얻었다더군."

"곰이라면 혹시 유나 양 말인가요?"

유나의 이름이 나오자 처음으로 밀레느의 반응이 변했다.

"유나를 아나?"

"고블린을 100마리나 쓰러뜨린 신인이죠. 울프를 잔뜩 해치우고, 타이거 울프를 토벌하더니 최근엔 블랙 바이퍼까지 토벌한 곰 모습의 귀여운 여자아이에요."

"굉장히 잘 아는데?"

"그야 촉망받는 신인이니 상업 길드에서도 주시하고 있죠. 하지만 고블린 무리를 토벌했을 때 고블린 킹의 검을 손에 넣었다니, 상업 길드에 팔아주면 좋았을 텐데."

"어쨌든 그렇게 돼서 국왕께 바칠 상품은 준비됐어. 그러니 상품을 준비하지 못한 빚을 갚아주면 좋겠는데."

"비겁하시네요. 그나저나 클리프 님도 유나 양과 아는 사이셨다니."

"뭐, 그렇지. 나도 그 아이가 마음에 들거든. 그렇게 재밌는 모험가는 처음이야."

"하지만 그 유나 양에게 미움을 받고 계시죠."

"……뭐라고?"

"꼬끼오의 알을 길드에게 제공하고 있는 건 유나 양이에요. 그리고 포슈로제 가에 팔지 말라는 조건으로 길드에서 거래하고 있는 거고요."

"유나라고?"

그 곰 아가씨가 나를 싫어하고 있다니…….

그렇게 생각한 순간 기분이 나빠졌다.

처음 만났을 때에는 재밌는 소녀라고 생각했다.

소환수인 곰도 태워줬다.

고블린 킹의 검도 양도받았다.

소문의 곰 하우스도 보러 갔었다.

블랙 바이퍼를 쓰러뜨리고 마을을 구했다는 이야기도 들었다.

성격적으로도 호감이 갔다.

그런 유나에게 내가 미움을 받고 있다고?

일전에 고블린 킹의 검을 양도받았을 때는 그런 낌새는 없었다.

"이유를 물어도 될까?"

"그건 본인에게 물어보세요."

밀레느에게는 이 이상 물어도 대답해주지 않을 것 같았다.

이 여자는 그런 여자였다.

"알았다. 유나를 만나러 가지."

상업 길드에서 나와 유나를 만나러 곰 하우스로 향했다.

눈앞에 곰 모양의 집이 있다.

이 마을에서 날로 유명해지고 있는 건물이었다.

나는 곰 하우스 앞에 서서 유나를 불렀다.

"어서 와요, 클리프 님. 무슨 일이시죠?"

"유나, 너에게 묻고 싶은 게 있다."

"뭐죠?"

"왜 우리 포슈로제 가(家)에 알을 팔지 않는 거지?"

단도직입적으로 물었다.

"무슨 말씀이시죠?"

"밀레느에게 내가 억지를 부려서 들었어. 그러니 그 녀석에게는 화내지 마."

"딱히 화내지 않을 거예요. 길드에 폐를 끼치는 것 같으니 이야기해도 좋다고 했거든요."

"그럼 왜 나에게 알을 팔지 못하도록 한 거지?"

"이 알을 만들고 있는 게 고아원이니까요."

"……?"

"그래서 약간의 복수심으로 알을 팔지 못하도록 한 것뿐이에요."

"어째서 고아원에서 알을 만드는 데 내가 사지 못하는 거지?"

"진짜 몰라서 물으시는 거예요? 고아원의 보조금을 서서히 줄이면서 결국에는 끊었잖아요. 확실히 고아원이 마을을 위해 공헌은 하고 있지 않지만, 그렇다고 해서 앞날이 창창한 아이들을 죽음으로 내모는 짓을 해도 된다고는 생각하지 않아요. 아이들도 자기들이 원해서 부모가 없는 게 아니잖아요. 그걸 쓸모가 없다고 내동댕이치는 게 마음에 안 들어요."

유나가 무슨 말을 하고 있는지 이해가 되지 않았다.

생각할 시간도 주지 않고 유나는 말을 이었다.

"아이들은 배가 고파서 남이 먹다 남긴 것들을 찾아다니는 상태예요. 고아원 선생님들은 상점이나 여관에 고개를 숙이면서 음식 찌꺼기를 받아서 생활하고요. 옷은 단벌이고, 잠을 자는 집은 금이 간 벽에서 바람이 불어 들고 있어요. 침대에서 덮을 따뜻한 이불도 없죠. 그런 아이들이 열심히 보살핀 새들이 낳은 알을 어째서 당신에게 팔아야 하죠?"

"……."

"딱히 새알 정도는 안 먹어도 살 수 있잖아요? 영주님이니까."

유나가 무슨 말을 하는지 이해가 되지 않았다.

고아원의 보조금을 끊었다고?

아이들이 음식을 주워 먹고 다닌다고?

음식 찌꺼기를 받아 생활한다고?

바람이 새는 집?

입을 옷이 없어?

따뜻한 이불도 없다고?

"그걸 들은 제가 드리는 작은 복수예요. 고아원 원장 선생님은 『살 곳만이라도 제공받고 있으니까』라면서 고마워하고 있지만요."

다시 말해, 유나는 내가 고아원의 보조금을 끊어서 고아원 아이들이 굶주리고 있는 모습을 보고 화가 났다는 것이었다.

그래서 유나는 고아원 아이들에게 꼬끼오를 돌보게 해서 알을 낳게 하곤 상업 길드에 팔고 있다는 거로군.

그 복수로 사소하지만 나에게 알을 팔지 않았다는 거고.

밀레느가 유나의 편을 든 이유는 이해가 됐다.

하지만 나는 고아원의 보조금을 끊지 않았다.

어쩌다 그렇게 된 거지?

"유나, 믿지 못할지도 모르지만 나는 고아원의 보조금을 끊지 않았어. 당장 돌아가서 확인해보겠다. 확인해보고 다시 오지."

나는 급히 저택으로 돌아왔다.

걷지 않고 뛰어서 돌아왔다.

어째서 고아원에 보조금이 지급되지 않고 있는 거지?

집무실로 돌아와 집사인 론드를 불렀다.

"돌아오셨습니까, 클리프 님."

"론드! 지금 당장 고아원의 보조금이 어떻게 지급되고 있는지 알아봐 줘."

"고아원 보조금 말씀이신가요?"

"그래. 나를 피도 눈물도 없는 영주로 만든 자를 찾아내!"

"알겠습니다."

론드는 고개를 숙이곤 집무실에서 나갔다.

오후에는 화가 나서 일을 할 수 없었다.

그날 밤, 론드가 방으로 들어왔다.

"클리프 님, 실례하겠습니다."

"무슨 일인지 알아냈나!"

"네, 고아원의 보조금은 엔즈 롤랜드 님이 관리하고 있습니다."

"엔즈라고?"

그렇군, 그 녀석이 담당이었다니.

나는 영주인데도 그런 것도 몰랐던 자신을 한 대 치고 싶었다.

"엔즈 님은 고아원에 보내는 보조금을 착복하고 있었던 모양입니다."

"착복이라니!"

기본적으로 각각의 인간에게 일을 줘서 그것을 확인하는 것이 나의 일이었다.

고아원의 보조금도 신청이 들어오면 사인을 해서 지급하고 있었다.

매달 있는 일이라 아무런 생각도 없이 사인을 하고 있었다.

유나가 화를 내는 것도 당연했다.

"아직 자세하게 알아보지는 않았지만, 엔즈 님이 관련되어 있는 일들은 소액의 돈만 움직이고 대부분의 돈들을 착복하고 있는 것 같습니다. 게다가 빚도 있는 것 같았습니다."

"착복을 하고 있는데 어째서 빚이 있는 거지?"

"유흥이 심하다고 합니다. 더욱이 부인도 보석이나 좋아하는 것들을 다 사들이고, 아들도 아버지와 닮아서 똑같이 흥청망청하고 있는 모양입니다."

"정도껏 해야지!"

마을의 돈이거늘.

"바보 같은 짓을 하다니! 론드! 지금 바로 병사들을 모아 엔즈의 집으로 가게! 절대로 놓치지 말도록! 하지만 죽이지는 말고! 반드시 내 앞에 가족 전원을 데려와라!"

"네, 알겠습니다."

론드는 방을 나섰다.

그 후로 한 시간 뒤, 내 앞에 뒤룩뒤룩 살찐 엔즈와 그의 가족이 끌려왔다.

가족 세 명 모두 쓰레기였다. 헛구역질이 나왔다.

"클리프 님, 병사들까지 동원해 이 늦은 밤에 어쩐 일이십니까?"

"나는 지금 당장 너희 일가족을 죽이고 싶다. 그러니 똑바로 대답해라."

"……."

"네놈이 고아원의 보조금을 착복했나!"

"아뇨, 그런 짓은 하지 않았습니다."

"하지만 고아원은 받지 못하고 있다던데!"

"그건 고아원 사람이 하는 말이잖습니까. 못 받는다고 하면 더 많이 받을 수 있다고 생각하는 거겠죠. 더러운 인간쓰레기들이군요."

쓰레기는 네놈이겠지!

주먹을 날리고 싶은 충동을 참고 질문을 이었다.

"네놈은 맡은 일을 대부분 방치하고 있어서 성과가 나지 않는 모양이던데."

"나중에 할 겁니다. 조금 늦어지고 있는 것뿐이에요."

태연하게 대답했다.

"빚도 있다던데."

"조금밖에 없어요. 바로 갚을 수 있으니 클리프 님은 신경 쓰지 않으셔도 됩니다."

사실을 말할 생각은 없는 모양이었다.

"그렇다면 네놈의 가족을 조사해 봐도 아무런 문제가 없겠군?"

"그건……."

드디어 표정이 바뀌었다.

"이미 네놈의 가족은 조사해 두었다."

"이런 짓을 하고도 그냥 넘어갈 거라 생각하는 건가? 왕도에 있는 형에게 말할 테다."

"여기는 내 마을이다. 증거가 모이는 대로 네놈을 처형하겠다. 이 세 사람을 감옥에 넣어라!"

병사들을 향해서 명령을 내렸다.

"잠깐! 왕도에 있는 형에게 연락하게 해줘!"

"이 녀석 입을 막아. 보기 역겹다."

병사들은 세 사람의 입을 천으로 막고 방에서 데리고 나갔다.

잠시 후, 롤랜드 가를 조사하고 있던 론드가 돌아왔다.

"뭔가 있었나?"

"네, 착복 증거도 모두 찾았습니다."

론드의 안색이 좋지 않았다.

"왜 그러지?"

"엔즈 님의 행보가 너무나 끔찍해서—."

"그렇게 심했나?"

"착복, 횡령, 폭행, 살인, 불법 거래…… 미처 셀 수가 없습니다."

"살인이라고?!"

"네, 지하 감옥에서 대량의 시체가 발견됐습니다. 상태가 하나같이 심해서 그게 인간이 할 짓이라고는……."

론드에게 들은 이야기는 너무나도 심각했다.

지방에서 일을 하러 온 젊은 여성을 사용인으로 고용하여, 죽을 때까지 혹사시켜서 죽으면 지하에 버리는 짓을 저질러 왔다고 했다.

지방에서 막 올라온 사람이라면 행방불명되어도 아무도 눈치채지 못할 것이다.

지방에서 마을로 그녀들을 찾으러 온 가족, 연인이 있다면 집으로 불러 감금시켜 죽였다.

그런 짓을 반복하고 있었다고 한다.

부인은 보석을 사들였다. 돈이 없다면 빚을 냈다.

엔즈는 부인의 빚을 갚기 위해 착복, 횡령을 했다.

아들은 아들대로 마을에서 여자들에게 범죄를 저지르고, 소송을 돈과 권력으로 짓밟아 왔다.

가게에서 돈을 내지 않는 건 당연했다. 자신에게 거스른다면 가게를 엉망진창으로 만들었다.

어떻게 이런 짓을 저지르고 있는데 나에게 정보가 닿지 않았던 거지?

이유는 뻔했다. 엔즈가 묵살했겠지.

분가라고는 해도 왕도에 영향력이 있는 형이 있기 때문일 것이다.

하지만 이 마을은 나의 마을이다.

마음대로 하게 두지는 않을 것이다.

"처형하라."

더는 참을 수 없었다.

"괜찮으신가요? 왕도에 있는 엔즈 님의 형님분이……."

"상관없어. 집에 도둑이 침입해 살해당했다고 해."

롤랜드 가(家) 처형.

위법 증거 확보.

재산 몰수.

지하 감옥에 있던 생존자들 구출.

돌아갈 곳이 있는 자는 치료한 후 돌려보낼 준비를 했다.

모든 것을 끝내고 다시 유나가 있는 곳으로 향했다.

"미안하다."

머리를 숙여 고아원의 보조금이 끊어진 이유를 설명했다.

원래는 이런 이야기를 일반인에게 하지 않는다.

하지만 이 소녀에게는 말해야만 할 것 같았다.

"내 부하가 착복을 하고 있었어. 게다가 내가 신경을 쓰지 못했지. 바로 고아원에 다시 보조금을 지급하게 했다."

"필요 없어요."

"……."

"이미 다들 열심히 일하고 있는걸요. 그러니 보조금은 필요 없어요."

“하지만, 그래선…….”

내 마음이 편치 않았다.

“그럴 돈이 있다면 효율적으로 써보는 건 어때요?”

“효율적으로?”

“다시는 그런 바보가 나오지 않도록 감시하는 부서를 만들거나 말이죠.”

“감시?”

“클리프 님이 지시한 대로 돈이 쓰이고 있는지 확인하는 일이요. 고아원 담당이라면 몇 개월에 한 번 고아원을 방문해 확인하거나, 필요한 경비로 정해진 것이 제대로 쓰이고 있는지, 구입한 것들이 있다면 값이 적절한지 등 말이에요. 그런 걸 조사하는 사람이 있다면 쉽게 횡령이나 착복 같은 걸 하지 못하게 되겠죠. 물론 그 감시하는 사람이 범죄자가 된다면 의미는 없지만요.”

“그럼 어쩌란 거지?”

“그야 당연한 거 아닌가요? 자신이 믿는 사람이 아니라, 자신을 위해 목숨을 걸고서라도 믿어주는 사람에게 부탁하세요. 그런 사람이 한 명도 없나요?”

“……아니, 있어.”

론드가 있었다.

“좋아요. 다행이네요.”

유나는 그 말만 하곤 입을 열려고 하지 않았다.

"그럼 정말 고아원은 괜찮은 거지?"

"괜찮아요."

"신세를 졌다. 아이들이 죽지 않을 수 있었어. 이 보답은 조만간 하지."

나는 유나의 집을 나와 저택으로 돌아왔다.

일이 산더미였다.

론드에게는 집사 일을 하는 틈틈이 나의 오른팔로 일해 달라고 해야겠다.

47 곰 씨, 푸딩을 만들다

잘 만들어졌을까♪ 잘 만들어졌을까♪

달걀을 많이 얻게 되어서 푸딩을 만들기로 했다.

잘 만들어지고 있다면 차갑고 맛있는 푸딩이 완성될 것이다.

냉장고를 열자 냉기가 얼굴에 퍼졌다.

안에는 맛있어 보이는 푸딩들이 나열돼 있었다.

하나를 손에 들어 테이블로 가지고 왔다.

다른 한 손으로 스푼을 들어 맛을 보았다.

"맛있어."

푸딩은 성공적이었다.

와구와구 먹었다. 숟가락질이 멈추질 않았다. 하나 더 먹으러 냉장고로 향했다.

오랜만에 푸딩을 두 개 정도 먹고 만족하고 있는데 집을 방문한 사람이 있었다.

"유나 언니, 저희 왔어요."

피나와 슈리가 왔다.

"의자에 앉아서 기다려봐."

"맛있는 거라는 게 뭐예요?"

두 사람에게 푸딩 시식을 부탁하기 위해 불렀다.

"꼬기오의 알을 사용해서 만든 디저트야."

두 사람 앞에 차가운 푸딩을 내놨다.

두 사람은 스푼을 가지고 푸딩을 한입 떠먹었다.

"맛있다……."

피나가 감상을 말하는 동안 옆에 있던 슈리는 푸딩을 계속 입으로 옮겼다.

"슈리, 천천히 먹어."

"맛있는 걸 어떡해요."

두 사람의 얼굴에는 미소가 번져 있었다.

"너희가 만족해주니 다행이야."

"유나 언니, 엄청 맛있어요. 꼬끼오의 알로 이렇게 맛있는 걸 만들 수 있다니."

"하지만 아직 시험작이니까. 먹어보고 의견이 있으면 말해줘. 너무 달다거나 달지 않다거나 하는 거 말이야."

"지적할 부분은 전혀 없어요. 달고 맛있어요."

"응, 맛있어요."

슈리가 아쉬운 듯 스푼을 빨고 있었다.

어쩔 수 없이 냉장고에서 푸딩을 두 개 더 꺼내서 두 사람 앞에 내놨다.

"마지막이야."

테이블에 두자 두 사람은 다시 숟가락질을 하기 시작했다.

나는 다시 냉장고로 향해 냉장고에 들어 있는 남은 푸딩을 전부 곰 박스에 담았다.

다 먹은 두 사람과 헤어지고, 다음 시식을 부탁하러 고아원으로 향했다.

고아원 근처에 있는 닭장에 도착하자 아이들이 열심히 새들을 돌보고 있었다.

아이들에게 말을 건네 고아원으로 갔다.

"유나 님, 어서 오세요."

원장 선생님은 몇몇 여자아이들과 같이 점심 식사 준비를 하고 있었다.

"타이밍이 안 좋았네요."

"아뇨, 괜찮아요. 대단한 건 없지만 같이 점심 식사 하시고 가실래요?"

모처럼의 권유였기에 먹고 가기로 했다.

널찍한 방에서 아이들이 의자에 앉아 모두에게 음식이 돌아갈 때까지 예의 바르게 기다리고 있었다.

모두에게 음식이 돌아가자―.

"곰 언니에게 감사를— 잘 먹겠습니다."

그런 인사와 함께 아이들은 식사를 시작했다.

"아직도 그거 하고 먹어요?"

"그럼요. 이렇게 식사를 할 수 있는 것도 유나 님 덕분인 걸요. 감사의 마음을 잊어선 안 되죠."

원래 이 식사의 인사말은 『유나 언니에게 감사를— 잘 먹겠습니다』였지만, 아무래도 이름이 불리는 건 쑥스러워서 그만해달라고 부탁했었다.

하지만 아이들은 그만두지 않았다.

"유나 언니에게 감사하고 있으니까요."

"배부르게 먹을 수 있는 건 유나 언니 덕분인걸요."

"맛있는 걸을 먹을 수 있는 건 유나 누나 덕분이에요."

"따뜻한 침대에서 잠들 수 있는 건 유나 언니 덕분이니까요."

"유나 언니 덕분이니까요."

그렇게 계속 감사 인사를 건넸다.

하지만 식사를 할 때마다 내 이름이 나오는 건 쑥스러워서 타협점으로 곰 언니로 하기로 했다.

그래도 충분히 쑥스럽지만 말이다.

고아원의 점심 식사는 빵과 채소가 들어간 스프뿐이었지만 아이들은 기쁘게 먹었다. 그 모습을 보고 있으니 나까지 기뻐졌다.

내가 이렇게 남을 보살피는 걸 좋아하는 줄은 몰랐다. 일본에 있었다면 하지 않았을 것이다.

실제로 돈은 있었지만 기부 같은 건 한 적이 없었다.

식사를 하고 있는 아이들을 보고 있으니 한두 명씩 다 먹은 아이들이 나왔다.

그 모습을 보고 곰 박스에서 푸딩을 꺼냈다.

"이게 뭐예요?"

여자아이가 물었다.

"모두가 보살피고 있는 새들의 알로 만든 디저트야. 맛있어."

아이들 앞에 푸딩을 두었다.

물론 원장 선생님과 리즈의 몫도 있었다.

"뭐야? 이거 맛있어!"

"엄청 맛있어요!"

"한 사람당 하나씩이니까 충분히 즐기면서 먹어."

아이들에게는 호평인 듯했다.

"유나 님, 이거 맛있네요."

리즈가 푸딩을 칭찬해주었다.

"이것도 리즈 씨와 아이들이 열심히 새들을 보살펴준 덕분이에요. 이 푸딩에는 꼬끼오의 알을 썼거든요."

"그런가요?"

“팔기만 하면 아깝잖아요.”

“알은 정말 대단하네요. 돈도 되고, 이렇게 맛있는 디저트도 되다니.”

“새들이 조금 더 늘어서 알이 늘면 더 좋겠지만요.”

그렇게 되면 개수를 신경 쓰지 않고 여러 가지를 만들 수 있게 될 것이다.

“네, 열심히 할게요.”

“혹시 너무 늘어나서 돌보기 힘들어지면 말하세요. 여러 가지로 생각해볼게요.”

“네. 하지만 아직 괜찮아요. 아이들도 열심히 일해주고 있거든요.”

리즈와 말을 하고 있는 동안 아이들의 푸딩 그릇이 텅텅 비었다.

마지막으로 아이들에게 푸딩의 감상을 묻고 고아원을 나왔다.

48 곰 씨, 푸딩을 가져다주다

고아원을 나온 뒤, 포슈로제 가의 저택으로 갔다.

클리프는 어떻게 되던 간에 상관없었지만, 그의 딸인 노아에게 푸딩을 맛보게 해주기 위해서였다.

문 앞에 서 있는 경비병에게 노아를 만나고 싶다는 말을 전했다.

나를 알고 있는 문지기는 기다리라고 했다.

잠시 후, 현관에서 노아 본인이 달려 나왔다.

"유나 님!"

폭.

노아가 가슴께로 다이빙했다.

하지만 곰 옷이 충격을 흡수해줘서 아프지 않았다.

"오랜만이야, 느와르."

"노아라고 불러주세요. 그런데 제게 무슨 일이세요? 딱히 일이 아니더라도 저는 대환영이지만요."

"디저트를 만들어서 노아에게 시식을 부탁하려고."

"디저트요? 기대되네요!"

노아의 손에 이끌려 방으로 끌려갔다.

"그래서, 어떤 디저트를 만드셨는데요?"

"꼬끼오의 알로 만든 디저트야."

곰 박스에서 푸딩을 꺼냈다.

물론 스푼도 잊지 않았다.

노아는 스푼을 들고 푸딩을 한입 먹었다.

"맛있어요!"

"입에 맞다니 다행이야."

"이렇게 맛있는 건 처음 먹어봐요."

"유난 떨긴."

"그렇지 않아요! 이렇게 눈 녹듯 하면서도 차갑고, 달고, 부드러운 맛은 처음인걸요."

"뭐, 여자나 아이들이 좋아하는 맛이긴 하지."

노아는 겉치레가 아니라 정말로 맛있게 먹어주었다.

"벌써 다 먹어버렸어요."

컵 안이 텅텅 비었다.

더 먹고 싶다는 듯 나를 빤히 바라봤다.

"딱 하나만이야."

"고맙습니다!"

노아에게 새로운 푸딩을 건네는데 누가 문을 두드렸다.

"노아, 들어갈게. 유나가 왔다고 들었는데."

노아의 아버지, 이 마을의 영주인 클리프가 방으로 들어왔다.

"잠깐 실례하고 있어요."

"괜찮아. 둘이서 뭘 하고 있었지?"

"유나 님이 만든 푸딩이라는 디저트를 얻어먹고 있었어요."

"푸딩?"

노아는 새롭게 받은 푸딩을 한입 먹었다.

그 얼굴은 어린아이다운 미소가 지어져 있었다.

"그렇게 맛있니?"

클리프가 딸이 만면에 미소를 짓고 있는 것을 보고 물었다.

"네, 정말 맛있어요."

"노아, 미안하지만 내게도 한입 주지 않겠니?"

"싫어요."

노아는 단호하게 거절했다.

"노아."

"안 돼요. 이건 제가 유나 님에게 받은 거예요."

"유나."

클리프가 푸딩을 원한다는 듯 내 쪽을 바라봤다.

다 큰 어른이 그런 얼굴 하지 마.

"하아, 알았어요. 다 먹으면 감상 부탁해요. 아직 시식에 불과해서 맛을 조정하지는 않았거든요."

"이게 시험작인가요? 그 어떤 디저트보다도 맛있는데요?"

"시험작이라고 해도, 단 정도만 조절하면 돼."

나는 클리프에게 푸딩을 건네줬다.

클리프는 푸딩을 한입 먹었다.

"뭐야? 이거."

클리프의 얼굴이 변했다.

"왕도에서도 이렇게 맛있는 디저트는 먹어본 적이 없어."

이 세계의 디저트는 레벨이 낮은 건가?

뭐, 달걀을 구하기 어렵다니 어쩔 수 없겠지만.

클리프와 노아의 숟가락질은 멈추질 않았다.

"유나 님, 잘 먹었습니다. 엄청 맛있었어요!"

"그래, 다행이네. 어디 고쳤으면 하는 부분 있어?"

"아뇨, 이 과자에게 결점이 있는 것 같진 않아요."

"조금 더 달면 좋겠다거나, 달지 않았으면 좋겠다는 정도라도 괜찮아."

"나는 조금 더 달지 않은 편이 좋겠어. 첫 한입은 맛있었는데, 점점 너무 달아지는 것 같아."

"그런가요? 저는 엄청 맛있었는데."

"뭐, 어른과 아이, 남자와 여자는 입맛이 다르니까. 참고할게요."

"가게라도 열 건가?"

"지금은 그럴 생각이 없지만, 고아원 아이들이 새들을 보살피는 일뿐만 아니라 요리를 하고 싶다거나 과자를 만들고 싶다고 한다면, 그 아이들의 장래에 도움이 될 것 같아서요."

"거기까지 내다보고 있는 거야?"

"만약 가게가 있다면 제가 먹고 싶을 때 직접 만들지 않아도 된다고 생각했을 뿐이에요."

"아이들을 이끌다니, 나보다도 유나 쪽이 훌륭한 어른이군."

두 사람에게서 빈 컵을 돌려받아 곰 박스에 담았다.

"그래서, 무슨 일이죠?"

일부러 딸의 방까지 나를 만나러 왔으니, 얼굴을 보러 온 것만이 이유는 아닐 것이다.

"그래, 부탁이 있어서 말이야. 노아를 왕도까지 호위해주지 않겠어?"

"왕도요?"

"그래. 국왕의 탄생 40주년 식전에 참가해야 하는데, 누구 덕분에 일이 산더미가 되어서 말이지. 그 덕분에 왕도에 가는 건 아슬아슬해질 것 같아. 그렇게 되면 왕도까지 가는 일정이 강행군이 될 가능성이 있어. 딸에게 그런 고생을 시킬 순 없지."

"누구 덕분이라니…… 제 탓은 아니잖아요?"

"감사하고 있지만 사실이야."

억울하게 생각해도 되는 부분이었다.

고아원 일은 영주인 클리프의 잘못이지 결코 내 탓은 아니었다. 내 덕분에 부정한 일이 발각되었으니 감사받아 마땅했다.

하지만 왕도라니. 한번 가보고 싶었으니 받아들여도 상관은 없는데…….

"따로 또 호위가 있나요? 이동 방법은요?"

따로 호위하는 사람이 더 있다면 귀찮으니 거절하고 싶다. 마차로 이동하는 건 더욱더 거절하고 싶었다.

"넌 블랙 바이퍼를 해치울 정도니까 혼자로도 충분할 테지. 이동은 네 소환수가 있잖아."

"곰 님을 타고 가는 건가요?"

조용히 듣고 있던 노아가 기쁜 듯 소리쳤다.

"소환수는 말보다도 빠르다고 들었어. 그렇다면 위험한 것이 나타나도 도망칠 수도 있을 거야."

호위는 나 혼자, 이동도 소환수를 쓰면 된다 이거지. 왕도도 가보고 싶었으니 거절할 이유는 없었다.

"언제 출발하는데요?"

"빠르면 내일이라도 상관없어. 노아도 얼른 엄마를 만나고 싶을 테니까."

그러고 보니 이 집에서 노아의 어머니를 뵌 적이 없었다.

화제에 오른 적이 없어서 돌아가신 줄 알았는데 아니었던 모양이다.

"어머니가 왕도에 계시니?"

기뻐하는 노아에게 물었다.

"네, 왕도에서 일하고 계세요."

"그렇구나. 그럼 내일 출발할까?"

"그래도 돼요?"

"노아도 어머니를 빨리 뵙고 싶잖아?"

노아의 호위 부탁을 받아들여 왕도로 가기로 했다.

"그럼 유나, 잠깐 기다려 줘. 왕도에 가지고 가줬으면 하는 게 있어."

클리프는 방을 나가더니 바로 돌아왔다.

"이걸 엘레로라, 노아의 엄마에게 전해줘."

나는 두 통의 편지와 큰 상자를 받았다.

"이건?"

큰 상자를 가리켰다.

"네게 양도받은 고블린 킹의 검이 들어 있지. 만일을 생각해서 엘레로라에게 건네줬으면 좋겠어. 자세한 건 이 편지에 적혀 있으니 전해주면 알거야. 그리고 이 편지는 모험가 길드에 전해줘. 지명 의뢰 취급으로 작성했으니 길드에서 의뢰로 접수해줘."

곰 박스에 편지와 고블링 킹의 검이 든 상자를 넣었다.

"유나 님, 내일 잘 부탁드려요."

"응, 잘 부탁해."

나는 내일 일정을 준비하기 위해 영주의 저택을 나왔다.

49 곰 씨, 왕도에 가는 것을 전하다

일단 마을을 잠시 떠나게 됐다고 밀레느에게 전하기 위해 상업 길드로 갔다.

점심때가 지난 탓인지 상업 길드엔 사람이 적었다.

접수대로 가자 밀레느가 여유롭게 앉아 있었다.

"유나 님, 어쩐 일이세요?"

"당분간 왕도에 다녀오게 돼서 보고하러 왔어요. 그러니까 꼬끼오의 알 판매 일은 티루미나 씨에게 부탁할게요."

말은 이렇게 해도 일은 이미 대부분 티루미나 씨에게 맡긴 상태였다.

가끔 가격에 대해 상담을 받는 정도였다.

“왕도로 가시게요?”

“호위 일을 하게 돼서요.”

“그렇군요. 그럼 왕도 기념품 기대하고 있을게요.”

“상관은 없는데, 뭐 갖고 싶은 거 있어요?”

“유나 님에게 일임할게요.”

기념품이나 식사 메뉴를 고를 때 가장 곤란한, 「아무거나」라는 대답이었다. 말도 안 되는 부탁보다는 낫지만…….

"기념품은 아니지만, 밀레느 씨에게 이걸 드릴게요."

곰 박스에서 푸딩을 꺼냈다.

"이게 뭐죠?"

"푸딩이라는 먹을거리예요. 꼬끼오의 알로 만든 건데, 냉장고에 보관하다가 휴식 시간 같은 때 드세요. 왕도에서 돌아오면 감상을 들려줘요."

"고맙습니다. 나중에 먹어볼게요. 그럼 이걸 답례로 드릴게요."

밀레느는 종이에 무언가를 적고 봉투에 넣어 건네줬다.

"이게 뭐죠?"

"제 소개장이에요. 왕도의 상업 길드에 건네주시면 잘 대해줄 거예요. 그러니 상업 길드에서 곤란한 일이 있다면 줘보세요."

상업 길드로 갈 예정이 있었기에 고맙게 소개장을 받았다.

"푸딩은 잊지 말고 드세요."

푸딩을 먹는 방법에 대해 주의를 주고 상업 길드를 나섰다.

그 다음으로 갈 장소는 피나네 집, 모험가 길드, 고아원, 이렇게 세 군데였다.

가까운 순서대로라면 일단 모험가 길드부터였다.

모험가 길드에 도착하자 안에는 그렇게 많이 붐비진 않았다.

안으로 들어가 접수원 헬렌이 있는 곳으로 갔다.

"앗, 유나 님."

"이걸 부탁하려고요."

클리프에게 받은 편지를 헬렌에게 건넸다.

헬렌은 편지로 눈길을 돌렸다.

"이건 클리프 포슈로제 님의 지명 의뢰네요. 왕도까지 호위를 하시는 건가요? 접수 처리를 하겠으니 길드 카드를 부탁드리겠습니다."

"얼마나 걸리나요?"

"유나, 어디 가는 건가?"

어디서 나타난 건지 길드 마스터가 말을 걸어왔다.

"유나 님이 클리프 님의 의뢰로 왕도까지 가신다고 하네요."

"그 녀석의 의뢰라니. 아, 국왕의 탄생제 때문인가."

혼자서 납득하는 길드 마스터. 그러더니 나를 지긋이 쳐다봤다.

"유나, 잠깐 기다려."

길드 마스터가 그렇게 말하며 안쪽 방으로 가버렸다.「뭐지?」라고 생각하며 기다리고 있자 곧 되돌아왔다.

"이걸 가지고 가라."

또다시 편지를 건네받았다.

"이게 뭐죠?"

"네가 왕도에 있는 모험가 길드에서 소란을 피우지 않게 하기 위한 거야."

"무슨 의미예요?"

"너, 여기 처음 왔을 때의 일을 잊은 거냐. 보나 마나 그 차림으로 왕도로 갈 셈이잖아?"

이 마을에서는 서서히 곰 차림이 받아들여지고 있었다.

더 이상 길드에 와도 시비를 걸어오는 자가 없었다. 마을을 돌아다녀도 이상한 눈초리로 쳐다보는 일도 줄어들었다. 오히려 아이들이 다가오는 일이 많아졌다. 친근한 마스코트가 되어 가는 중이었다.

"이 편지를 전해주면 모험가 길드가 다소 편의를 봐줄 거야."

그건 고마운 일이군.

하나하나 때려눕히는 건 피곤하니까.

편지에 대해 고맙다는 말을 하곤 모험가 길드를 나왔다.

다음으로 향한 곳은 피나네 집이었다. 겐츠 아저씨는 없었지만 나머지 식구들은 집에 있었다.

"어머, 유나잖아. 어서 오렴. 어쩐 일이니? 이런 시간에."

"유나 언니, 오셨어요?!"

2층에서 피나가 내려왔다.

그 뒤를 슈리도 따라왔다.

"내일부터 당분간 왕도로 가게 되어서 그 말을 전하러 왔어요."

"유나 언니, 왕도에 가세요?"

"호위 의뢰가 있어서. 그래서 말인데요, 티루미나 씨. 괜찮을 거라고는 생각하는데 고아원 일을 부탁할게요."

"알았어. 뭐, 문제가 될 일은 없을 거니까 유나는 천천히 왕도 관광이라도 하고 오렴. 처음이잖아?"

"좋겠다, 왕도라니."

내 이야기를 들은 피나가 조용히 중얼거렸다.

"피나는 가본 적 없어?"

"없어요."

아버지는 안 계시고, 티루미나 씨는 아팠으니 갈 수 없었겠지.

"그럼 같이 갈까?"

"아, 그래도 돼요?"

"뭐, 호위 대상하고 둘이서 가는 거라서 한 명 정도 늘어도 문제는 없어."

"유나, 그래도 돼? 일이잖아."

"그럼 내일 호위 대상자에게 물어볼게요. 허가를 받으면 같이 가기로 해요. 안 되면 어쩔 수 없고요."

"언니, 좋겠다……."

이번에는 슈리가 언니를 부러운 듯 바라봤다.

"슈리는 안 돼. 엄마랑 집을 지켜야지."

"으으응……."

"엄마랑 둘이 있는 게 싫으니?"

슈리는 고개를 좌우로 저었다.

"싫지 않아요."

티루미나 씨는 슈리를 끌어안았다.

"그럼 내일 아침에 데리러 올게. 준비는 필요 없지만 가지고 갈 게 있다면 준비해 둬. 내 아이템 봉투에 담을 테니까."

마지막으로 고아원으로 가 원장 선생님과 아이들에게 당분간 오지 못한다는 말을 전하고, 울프 고기를 두고 왔다.

50 피나, 곰 씨에게 고마워하다

일전에 아버지가 어두운 얼굴로 돌아오셨습니다.

무슨 일일까요?

아버지의 이야기에 의하면 블랙 바이퍼가 나타나 근처 마을이 습격을 당했다고 합니다.

그래서 길드에 큰 소란이 벌어졌다는 모양입니다.

해체와 구매 일을 하고 있는 아버지는 돌아오실 수 있었지만, 다른 직원들은 교대도 하지 못하고 아직 남아 있다고 했습니다.

블랙 바이퍼는 큰 뱀이라고 합니다.

저는 본 적이 없습니다.

그 마물을 쓰러뜨리려면 최소한 랭크 C 모험가들의 파티가 필요하다고 했습니다.

그걸 유나 언니와 길드 마스터 둘이서 해치우러 갔다고 했습니다.

아버지는 걱정하는 듯했습니다.

「해치울 수 있을 리가 없어」라고 말씀하셨습니다.

며칠 후, 오늘에서야 유나 언니와 길드 마스터가 무사히 돌아오셨다고 했습니다.

게다가 블랙 바이퍼를 토벌했다고 합니다.

아버지는 집에 돌아오셔서 기쁜 듯 말씀하셨습니다.

그래서 내일, 블랙 바이퍼의 해체 작업이 있으니 저도 도우러 가자고 하셨습니다.

아버지와 아침 일찍 길드에 갔습니다.

하지만 아직 유나 언니는 오지 않은 것 같았습니다.

듣자 하니 토벌의 피로를 풀기 위해 오는 시간은 미정이라고 했습니다.

그 전까지는 오랜만에 길드의 일을 도우려고 했습니다.

하지만 유나 언니가 활기찬 모습으로 길드에 왔습니다.

정말 그 흉폭하다는 블랙 바이퍼와 싸운 걸까요?

유나 언니를 보고 있으면 블랙 바이퍼의 힘에 대해 의심을 하게 됩니다.

블랙 바이퍼를 해체하기 위해 냉장창고에서 대기하고 있는데 전원 밖으로 호출당했습니다.

블랙 바이퍼가 커서 길드의 냉장창고에서는 해체 작업을 할 수 없다고 했습니다.

그렇게 큰 걸까요?

해체할 장소는 마을 밖이 되었습니다.

유나 언니의 곰 님 입에서 나온 블랙 바이퍼는 매우 컸습니다.

이걸 혼자서 쓰러뜨렸다니 믿을 수 없었습니다.

아버지와 길드 직원들 모두가 지시를 받아 해체 작업을 시작했습니다.

저는 아버지와 함께 조를 이뤘습니다.

우선 아버지가 가죽을 벗겨 냈습니다.

그리고 제가 고기를 블록 모양으로 잘라 아이템 봉투에 담았습니다.

이거, 오늘 안에 끝날까요?

아무튼 열심히 할 겁니다.

몇 시간 후, 드디어 끝이 났습니다.

오늘 중으로 끝났습니다.

다행이었습니다.

옮기는 것은 다른 사람들에게 맡기고, 저는 길드 마스터에게 부탁받은 일을 했습니다.

집으로 돌아간 유나 언니를 길드로 데려오는 일이었습니다.

이것으로 오늘 일이 종료되었습니다.

오늘은 돌아가서 얼른 잘 것입니다.

지쳤지만 아버지를 도울 수 있어서 좋았습니다.

최근엔 즐거운 일뿐입니다.

어머니의 병도 낫고, 아버지는 식사를 할 때 웃을 수 있게 해주셨습니다.

그러면 어머니는 「재미없어요」라고 말하면서도 웃으십니다.

웃음이 넘치는 식탁이 몇 년 만인지…….

동생 슈리는 처음일지도 모릅니다.

그러던 어느 날, 어머니가 말도 안 되는 말을 꺼내셨습니다.

"나, 모험가가 돼서 일할까 봐요."

저희는 말렸습니다.

특히 아버지가 허락하지 않으셨습니다.

"아이들을 두고 죽을 작정이야?! 그렇게 내가 못 미더워?!"

어머니가 블랙 바이퍼와 싸우는 것을 상상한 것만으로도 무서워졌습니다.

하지만 유나 언니가 싸우는 것을 떠올리자 태연한 얼굴로 쓰러뜨리는 모습이 상상되었습니다. 어째서일까요?

싸우는 모습을 본 건 처음 만났을 때뿐인데.

슈리도 어머니에게 안겨선 고개를 옆으로 열심히 저었습니다.

결국 타협안으로 상업 길드에서 일감을 받기로 했습니다.

……그런데, 어쩌다가 유나 언니와 일하게 된 걸까요.

새의 알을 판매하는 일이라고 했습니다.

유나 언니는 무엇을 하고 있는 걸까요?

모험가를 그만두고 상인이 될 생각인 걸까요?

그러던 어느 날, 유나 언니가 「내일 슈리랑 집으로 와」라는 말을 했습니다.

아무래도 음식을 시식하는 모양입니다.

조금 불안했지만 기대됐습니다.

다음 날 아침, 아침 식사를 마치고 슈리와 같이 곰 하우스로 가자 유나 언니는 「푸딩」이라는 디저트를 내주었습니다.

노란색을 띠고 있었습니다. 꼬끼오의 알을 이용한 디저트라고 했습니다.

그런 고급 재료로 만든 음식을 먹어도 되는 걸까요?

하지만 유나 언니가 만들어 준 것입니다.

감사히 받았습니다.

스푼으로 떠서 한입 먹었습니다. 뭐죠? 이 맛있는 음식은.

부드럽고 달콤한 이런 음식은 먹어본 적도, 들어본 적도 없었습니다.

순식간에 다 먹어 치워버렸습니다.

슈리의 컵도 텅텅 비어 있었습니다.

자매가 쌍으로 아쉬워하고 있자 유나 언니가 미소를 지으며 하나씩 더 주었습니다.

이번엔 천천히 먹었습니다.

음, 맛있습니다.

유나 언니는 모험가라서 힘도 세고 대단한데, 이렇게 맛있는 음식까지 만들 수 있다니 엄청납니다.

너무 행복해서 무섭습니다.

그날 오후, 집에서 슈리에게 글자를 가르쳐주고 있는데 유나 언니가 찾아왔습니다.

어쩐 일일까요?

이야기를 들어보니 아무래도 호위 일로 왕도로 가는 것 같았습니다.

그래서 고아원 일을 어머니에게 부탁하러 왔다고 합니다.

"좋겠다, 왕도라니."

그런 말을 하자 유나 언니가 데려가주겠다고 했습니다.

괜찮은 걸까요?

하지만 그건 내일, 의뢰자의 확인을 받고 나서 정하기로 했습니다.

갈 수 있을지 확실하지 않지만 내일이 기대됩니다.

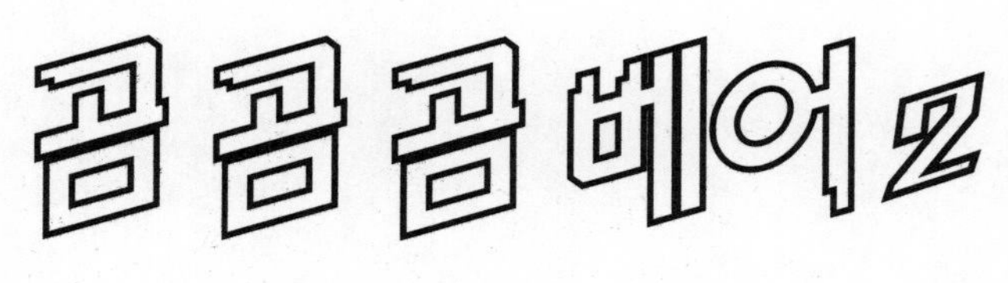

번외편

신입 모험가 1

오늘도 시간을 때우기 위해 모험가 길드로 갔다.

여전히 곰 인형 옷 차림으로 모험가 길드에 도착했지만 무시하는 말소리는 들리지 않았다.

안으로 들어가 의뢰서가 붙어 있는 보드로 향했다.

뭔가 재밌는 의뢰 없으려나~.

뭣하면 블랙 바이퍼를 한 번 더 잡으러 가도 되는데.

쓰러뜨리는 방법도 알았으니 다음번엔 더 편하게 잡을 수 있을 것이다.

그런 생각을 하면서 랭크 D와 랭크 C의 의뢰 보드를 봤지만, 역시나 그런 의뢰는 없었다.

애당초 블랙 바이퍼는 무슨 랭크 의뢰일까?

랭크 B 이상이라면 지금 보고 있는 보드에 없는 건 당연하겠지만.

랭크 B라면 있을까 해서 슬쩍 의뢰 보드를 봤지만 붙어 있지 않았다.

새로운 마물의 의뢰도, 재밌을 것 같은 의뢰도 없었다.

으~음, 오늘은 어떡할까 생각하면서 앞을 보지 않고 걷고 있는데―.

"꺄!"

뭔가에 부딪치고 말았다.

앞을 보자 내 또래로 보이는 여자아이가 엉덩방아를 찧고 넘어져 있었다.

또래잖아. 나보다 키는 크지만. 그런데 상대방만 엉덩방아를 찧다니, 어떻게 된 거지?

뭐, 곰 장비 덕이라는 건 알고 있었지만.

"미안, 괜찮아?"

쓰러져 있는 여자아이에게 곰 인형을 뻗었다.

여자아이는 나를 본 뒤 주변을 슬쩍슬쩍 쳐다봤다.

"곰 님?"

그리고 잠시 고민하면서 소녀는 쭈뼛쭈뼛 내 곰 인형을 잡았다.

여자아이를 일으켜 세우니 고맙다고 인사했다.

"고, 고맙습니다."

"다치진 않았어?"

"네, 괜찮아요."

그 말을 듣고 내가 자리를 뜨려고 하는 순간, 여자아이에게 달려오는 소년이 있었다.

"호른! 괜찮아?"

"응, 괜찮아. 곰 님에게 부딪친 것뿐이야."

소년이 내 쪽을 바라봤다.

“곰?!”

이제 알았어?!

“미안. 잠깐 다른 생각을 하고 있었어.”

“아뇨, 괜찮아요. 저도 일행을 찾느라 한눈을 팔고 있었는걸요.”

호른이라고 불린 소녀는 고개를 숙였다.

“그렇다면 쌍방 과실이라 치자.”

“네.”

호른은 웃는 얼굴로 대답했다.

소년은 내 쪽을 보고 있었다.

“왜 그래?”

하고 싶은 말이 있다는 건 알겠지만, 빤히 쳐다보고 있길래 물어봤다.

소년은 이후 자신의 생사가 다음 한마디에 걸렸을 줄은 생각지도 못했을 것이다.

그런 나레이션을 넣어봤다.

농담은 제쳐 두고, 소년이 입을 열었다.

“당신이 소문의 그 곰인가요?”

뭐, 이 마을에서 곰이라고 하면 나를 말하는 거겠지.

"그럴걸."

나 말고 있다면 나도 보고 싶네, 라고 생각했지만 도리어 곰 아저씨 같은 형상이 떠올랐다.

소년은 나를 보더니 입을 열었다.

"젠장, 우릴 우습게 보는 거냐?!"

소년은 혀를 차며 화를 내기 시작했다.

"아, 죄송합니다. 사실 이 마을에 곰 복장을 한 무서운 모험가가 있으니 가까이 다가가지 말라고 겁을 줘서요."

"게다가 그 곰은 혼자서 타이거 울프와 고블린 킹, 블랙 바이퍼를 해치웠댔어."

응, 사실이지.

타이거 울프도 고블린 킹도 블랙 바이퍼도 해치웠지.

"근데 그 소문의 곰이 당신이라니."

소년은 내 머리를 툭툭 쳤다.

화내도 되는 상황인가?

주변을 보자 모험가들이 눈을 크게 뜨고 입을 어버버 하면서 이쪽을 보고 있었다.

설마 무슨 짓을 할 거라고 생각하는 건가?

할 거긴 하지만.

그렇게 생각한 순간, 다가오는 사람이 있었다.

"호른, 신, 뭐 하고 있는 거야?"

"그러게 말야. 둘 다 찾았잖아."

소년 두 명이 다가왔다.

한마디로 표현하자면, 활발해 보이는 소년과 따분해 보이는 소년이었다.

"호른이 이 곰하고 부딪쳐서 말이야."

손가락질은 하지 말지. 사람을 손가락으로 가리키면 안 되지. 그렇게 안 배웠니?

"곰? 설마 그 소문의?"

"그래, 저게 전에 접수대에서 들은……."

"선배들에게 들은……."

"하지만 무서운 곰이라고 들었는데……."

"웃기지? 곰 옷 차림을 한 여자라고 해서 엄청 큰 여잔 줄 알았잖아."

또다시 내 머리를 툭툭 치는 소년.

슬슬 화내도 되겠지.

내 분노를 느낀 것인지 주변 모험가들이 점차 사라졌다.

길드 직원은 도망치지도 못하고 난감하다는 얼굴을 하고 있었다.

내가 소년의 손을 잡으려는 순간—.

"유나 님! 잠깐만요!"

헬렌이 말을 걸어왔다.

"모험가 길드는 모험가끼리의 싸움에는 중립이라고 하지 않았나?"

"유나 님이 트러블에 휘말리지 않도록 하는 건 모험가 길드의 일이에요."

분명 그렇게 약속했지.

그럼 조금만 더 빨리 도우러 왔으면 좋았을 걸.

"저기, 무슨 일이세요?"

여자아이는 접수원인 헬렌이 무슨 말을 하는 건지 이해가 가지 않은 모양이었다.

마음 같아선 공포의 번지 점프를 체험하게 해주고 싶었는데.

"여러분, 일전에 이야기를 듣지 못하셨나요?"

헬렌은 소년들에게 주의를 줬다.

"이야기라면, 곰에 대한 거요?"

"맞아요. 곰의 복장을 한 모험가 여자아이가 있으면 무시하는 말을 하거나 관심을 가지고 다가가서는 안 된다는 이야기요."

"그 곰이라는 게 이걸 말하는 거예요?"

내 머리를 툭툭 쳤다.

"그만하세요. 당신들, 죽고 싶지 않으면 당장 사과하고 일들 하러 가세요."

헬렌이 소년의 손을 잡고 문밖을 가리켰다.

"갈 거예요. 다들 가자."

"응. 곰 님, 미안했어."

소년 소녀들은 길드 밖으로 나갔다.

"유나 님, 죄송합니다. 일단은 설명해 두었는데 모르고 있는 것 같아서요."

으~음, 어떤 설명을 한 건지 의문이 들지만, 인형 옷을 입은 나를 보고 속았다고 생각한 건가?

"설명이라뇨?"

"곰의 복장을 한 모험가가 있는데, 결코 관심을 가지고 다가가지 말라고 말해 두었습니다."

"그것뿐인가요?"

"아뇨, 유나 님의 힘을 알게 하기 위해서 어떤 마물을 토벌했는지도 설명했습니다. 고블린 100마리, 고블린 킹, 타이거 울프, 블랙 바이퍼를 토벌한 모험가니까, 무시하거나 놀리듯 따라 하거나 하지 못하도록 말이죠. 시비를 건 랭크 D, E 모험가들의 결말까지 설명했습니다."

결말이라니. 그거 곰 주의라고 경고하는 건가?

"하지만 믿지 않는 것 같아서 선배 모험가들에게 부탁하기도 했죠."

길드 안에 있는 모험가들을 보니 일제히 눈을 피했다.

모험가들에게 대체 무슨 이야기를 한 걸까.

하지만 길드에서 그런 일들이 이루어지고 있었다는 건 몰랐다.

"이건 길드 마스터의 분명한 지시예요. 유나 님이 엄한 트러블에 휘말리지 않도록 하기 위한 조치입니다."

분별없이 사람을 공격하는 곰처럼 말하지 말았으면 좋겠다.

상대가 시비를 건 싸움은 하겠지만 말이지.

"저 아이들에게도 제대로 설명했는데……."

한숨을 쉬는 헬렌.

뭐, 엄청 위험하니 다가가지 말라고 말을 들었는데, 막상 눈앞에 나타난 게 인형 옷을 입은 나 같은 여자아이였으니…….

겁주려고 한 말이라고 생각할 만도 하지.

하지만 그렇다고 남의 머리를 툭툭 치는 건 용납되는 행동은 아니었다.

"하지만 그 아이들, 괜찮을까요?"

"걱정거리라도 있어요?"

"조금요. 그 아이들은 신입인데, 받은 의뢰가 울프 토벌이었어요. 그래서 조금 걱정이네요."

"랭크는요?"

"저번에 막 들어와서 랭크는 아직 F입니다. 일단 울프는 쓰러뜨릴 수 있다고 했는데…….”

“그럼 괜찮은 거 아니에요?”

“그렇긴 하지만, 이번엔 조금 먼 장소로 가서 약간 걱정이에요.”

“하지만 울프잖아요?”

“네, 마을 근처에 울프가 많이 나타나는 것 같다고, 어떤 마을에서 의뢰가 있었어요. 그래서 추가 보수가 적게나마 나와서 그걸 선택했습니다.”

걱정되는 건 이해가 가지만, 전에 울프를 쓰러뜨린 적이 있다면 괜찮은 거 아닌가?

게임에서도 그랬지만 한번에 여럿을 상대하지 않는 게 효율적으로 쓰러뜨릴 수 있는 비결이었다.

“그런데 유나 님은 의뢰를 보러 오신 건가요?”

“재밌는 의뢰가 없어서 돌아가려고요.”

“재밌는 의뢰라니…… 보통 그런 이유로 의뢰를 받지는 않아요.”

헬렌이 기가 찬 얼굴로 바라봤다.

다음 날, 오늘도 시간이 넉넉했다.

하루 이틀로는 의뢰 내용도 크게 바뀌지 않았다.

오늘은 날씨도 좋으니 곰순이, 곰돌이랑 산책이라도 할까?

“그렇게 됐으니 피나! 산책 가자.”

"유나 언니, 지금 당장이요?"

해체 작업을 하러 온 피나에게 건 첫마디였다.

"심심하니까 소환수 곰들과 산책하러 갈까 해서. 피나도 데려가고 싶은데."

"하지만 일이—."

"오늘은 쉬자!"

"그건—."

"울프 고기는 가져가도 돼."

피나와의 거래는 그것으로 마쳤다.

"그럼 유나 언니, 어디로 가실 거죠?"

"전에 가본 적이 있는 마을까지 가려고 하는데, 그 전에 기념품을 가지고 가자."

마을 밖으로 나가기 전에 피나를 데리고 장을 보러 갔다.

슬슬 마리 씨의 아기가 태어날 것이다.

출산 축하 선물로 뭔가 사 가자.

"아저씨, 그 과일 전부 주세요."

상자에 담긴 오렌을 전부 샀다.

"곰 아가씨가 전부 사려고?"

"다 팔려서 곤란하면 괜찮은 만큼만 주세요."

"상관은 없지만, 이렇게 많이 어디에 쓰려고?"

"선물로 주려고요."

교섭이 성립되었기 때문에 상자에 담긴 오렌을 곰 박스에 담았다.

그 후 가게 몇 군데를 더 들러 그 마을에서 얻기 어려울 것 같은 것들을 사서 마을 밖으로 나왔다.

신입 모험가 2

곰돌이를 탄 나와 곰순이에 올라탄 피나는 크리모니아를 출발해 고원을 달렸다.

날씨가 좋아 산책하기 좋은 날이었다.

만약 보고 있는 사람이 있다면 산책이라는 말의 의미를 사전에서 찾아보라는 소리를 할 테지만 말이다.

잠시 동안 달리고 있자 본 적이 있는 숲까지 와 있었다.

지도 스킬을 사용하면 길을 헤맬 일도 없었다.

숲 근처부터 곰들을 뛰게 하고 몇 분 후, 블랜더가 사는 마을이 보였다.

내가 만든 벽도 아직 있네.

내가 마을 근처로 가자 이전과 같이 마을 입구를 지키고 있는 보그가 있었다.

"유나 님?!"

응? 방금, 뭐라고 그랬지?

분명 잘못 들은 거겠지?

"오랜만이에요! 마리 씨네 아기는 태어났나요?"

"네, 건강한 사내아이가 태어났어요."

무사히 태어나서 다행이었다.

"이야기를 듣고 싶으세요?"

어쩐지 아까부터 말투가 이상한데…….

"그쪽 하얀 곰과 아가씨는 누구죠?"

그러고 보니 곰순이에 대해서는 모르지.

"이 아이도 제 곰이니까 안심하셔도 돼요. 타고 있는 여자아이는 피나예요. 시간이 돼서 같이 산책에 따라온 거예요."

"피나라고 합니다."

피나는 작게 고개를 숙이곤 이름을 말했다.

"블랜더와 마리 씨를 만나고 싶은데, 마을에 들어가도 되나요?"

"네, 물론입니다. 하지만 그 전에 촌장님이 계신 곳에 들러도 될까요?"

"괜찮아요."

"감사합니다."

마을 사람들에게 소환수에 대해 설명하는 것도 성가셨기에 곰돌이와 곰순이는 역소환하지 않고 두었다.

아무래도 곰돌이와 곰순이는 눈에 띄기 때문에 마을에 들어서자 아이들은 물론이거니와 어른들도 모여들었다.

어쩐지 일이 커졌는데…….

"유나 언니."

피나가 몰려든 아이들에게 어떻게 대응하면 좋을지 몰라 난감해했다.

그 모습을 본 보그가 가까이 다가서지 못하도록 주의를 줬다.

아이들은 슬퍼하며 떨어졌다.

으~음, 나중에 놀아줘야 하나?

촌장의 집 앞으로 가자 소란을 눈치챈 것인지 촌장이 나왔다.

"무슨 소란이냐."

촌장이 나를 알아봤다.

"유나 님!"

어라, 잘못 들은 거지?

"어인 일로 이곳까지?"

"시간이 남아서 산책하러요. 그리고 마리 씨네 아기가 태어났을까 싶어서 왔어요."

"네, 건강한 사내아이가 태어났습니다."

"네, 보그 씨에게 들었어요. 다행이네요. 그리고 기념품을 가져왔으니 나중에 마을 사람들과 나눠 드세요."

"기념품 말씀이신가요? 기쁘긴 하지만 저희는 유나 님에게 아무런 보답도 하지 못했는걸요."

역시 잘못 들은 게 아니었어.

"저기, 그 『유나 님』이란 호칭은 뭐죠?"

“마을을 구해준 은인이시니까요. 게다가 저 벽 덕분에 다른 동물들에게서도 농작물을 지킬 수 있어서 감사할 따름입니다.”

“이유는 알겠어요. 하지만 『님』자는 붙이지 말아주세요. 저는 그렇게 대단한 사람이 아니에요.”

“하지만—.”

“그만두지 않으시면 벽을 허물겠어요.”

반쯤 진담으로 말했다.

“으……, 알겠습니다. 그럼 『유나 씨』면 될까요?”

“네, 그거면 돼요.”

어떻게든 『님』자를 붙이는 건 피할 수 있게 되었다.

“유나!”

그때 나를 부르는 목소리가 들렸다. 촌장에게서 시선을 떼고 소리가 난 곳을 바라보니 마리 씨가 갓난아기를 안고 이쪽으로 왔다.

“마리 씨, 축하드려요.”

“고마워.”

“무사히 태어나서 다행이에요.”

“이것도 다 유나 덕분이야. 유나가 누시를 쓰러뜨려준 덕분에 안심하고 낳을 수 있었어.”

“이름은 뭐죠?”

“여자아이었으면 유나라고 짓고 싶었는데.”

그러지 마요. 내 이름을 아이에게 붙이지는 말아줬으면 했다.

신이시여, 남자아이라서 감사합니다.

“이름은 유크야. 유나의 이름에서 한 글자 따왔어.”

뭐, 『유』로 시작하는 이름을 가진 사람은 많으니 그 정도라면 괜찮으려나?

나는 유크를 쳐다봤지만 울거나 하지는 않았다. 낯을 가리지 않는 건가?

오히려 웃고 있는데, 내 옷차림을 보고 웃는 건 아니겠지?

“그런데 블랜더는요?”

“사냥하러 나갔어.”

평소와 같은 행동이었다.

“조금 있으면 돌아올 테니까 만나줘. 블랜더도 기뻐할 거야.”

뭐, 처음부터 그럴 생각이었기에 수긍했다.

“맞다, 마리 씨. 영양이 풍부한 것들을 적당히 가져왔으니 드세요.”

“고맙지만, 괜찮겠어? 나는 유나에게 아무것도 해주지 못했는걸. 그렇기는커녕 신세만 지고.”

“신경 쓰지 않으셔도 돼요. 아이를 키우려면 체력이 필요하잖아요. 맛있는 음식을 먹고 체력을 키워서 아기를 튼튼하게 키우세요.”

밤에 잠투정을 한다거나 여러 가지로 힘들 테니까.

영양은 제대로 챙겨야지.

점심 식사 시간이 되었기 때문에 촌장의 집에서 점심을 대접받기로 했다.

내 옆에서는 피나가 유크를 안아 달래고 있었다.

"피나, 능숙한데?"

"네. 동생이 있어서 돌봐줬었거든요."

돌보다니, 세 살밖에 차이 안 나잖아.

티루미나 씨의 남편은 슈리가 배 속에 있을 때 돌아가셨다고 들었다. 그래서 티루미나 씨가 일을 나가게 되면 피나가 슈리를 돌봐줘야 했을 것이다. 그리고 어머니가 병에 걸리고, 겐츠 아저씨의 도움이 있었다고 해도 어린 여자아이 혼자선 힘들었을 것이다.

나는 손을 뻗어 피나의 머리를 쓰다듬었다.

"유, 유나 언니?"

갑작스럽게 머리를 쓰다듬자 피나가 당황했다.

"피나는 대단하다고 생각해."

의미를 모르겠는지 피나는 고개를 작게 갸웃거렸다.

식사를 마친 나는 촌장과 마리 씨에게 크리모니아 마을에서 사온 기념품을 건넸다.

"이렇게나 많이?"

"마리 씨가 영양을 충분히 섭취해야 하니까요. 다른 임산부들이 계시다면 나눠 주셔도 되고 마을 사람들에게 주셔도 돼요."

"고마워."

사양하며 받아주지 않는 것보다도 기뻐하며 받아주는 것이 가장 기뻤다.

"그런데 피나는 정말 산책만을 위해서 여기 온 거니?"

마리 씨가 피나에게 물었다.

"네. 유나 언니네 집에 갔더니 갑자기 산책 가자고 하셔서 여기까지 오게 됐어요."

피나는 쓴웃음을 지으면서 대답했다.

"후훗, 유나답네. 천연덕스럽다고 할까. 유나는 자유롭다는 느낌이 들어."

"맞아요."

뭘 수긍하고 있어?

그렇게 자유롭게 지내고 있나?

일본에 있었을 때도 학교는 가지 않았다. 부모님의 말도 듣지 않았다. 게임 삼매경이었다.

그리고 이세계에서도 자유롭게 마음껏 행동하고 있으니…… 반박할 말이 없었다.

"그래서 블랜더는 언제쯤 돌아오죠?"

"사냥감이 잡히면 바로 올 텐데……."

"뭔가 있어요?"

어쩐지 함축된 의미가 있는 말투였기에 물어봤다.

촌장은 고개를 끄덕이곤 이야기를 하기 시작했다.

"유나 씨는 누시를 해치워주셨죠."

"네, 해치웠죠."

"그 때문인지는 몰라도 울프가 늘어나기 시작했어요."

촌장은 말하기 난처한 듯 말했다.

"물론 유나 씨가 누시를 해치워준 건 고맙게 생각해요."

"아마 누시 때문에 울프가 주변에 가까이 오지 않은 거겠네요."

"누시와 울프를 비교한다면 울프는 귀여운 정도죠. 마을 사람들 중에서도 쓰러뜨릴 수 있는 사람은 있어요. 다만 그 수가 많은 것 같아서요."

"블랜더도 사냥하러 갔지만 울프의 수가 줄지 않는 것 같아."

"그래서 저번에 장사꾼이 왔을 때 모험가 길드에게 울프 토벌을 의뢰했어요."

"그래서 어젯밤에 젊은 모험가들이 와주었어."

"아침부터 토벌하러 갔으니 울프의 수도 줄 테니까 안심하세요."

안심이라…….

복선이 아니면 좋겠는데.

뭐, 젊다고는 해도 모험가들이 왔으면 울프의 수가 조금은 줄 테니 괜찮겠지.

마을 안에도 쓰러뜨릴 수 있는 사람이 몇 명 있는 것 같고 말이야.

그 후로 블랜더가 돌아오길 기다리면서 마을 이야기를 들었다.

내가 만든 벽 덕분에 다른 동물로부터 농작물을 지킬 수 있다든지, 쓰러뜨린 누시의 모피는 촌장의 집 안쪽에 장식되어 있다는 이야기 등.

피나가 보러 가서 크기를 보고 놀랐다.

"팔지 않았어요?"

"네, 고기는 팔거나 근처 마을에서 다른 식자재와 교환했죠. 근데 유나 씨가 이 마을을 구해준 증거를 남기기 위해 마을 사람들과 이야기를 나눈 결과, 남기기로 한 거예요."

"이 아이가 크면 이 누시의 모피를 보여주면서 유나의 활약을 이야기할 거야."

마리 씨는 아들의 얼굴을 보면서 그렇게 말했다.

어쩐지 쑥스러우니 그만했으면 좋겠는데.

그 후 밖에 나가자 멀리에서 곰돌이와 곰순이를 보고 있는 아이들이 있었다.

손을 휘저어 「여기, 이리 와」라고 손짓했다.

그것을 본 아이들이 달려왔다.

"다들 곰을 만져보고 싶니?"

아이들은 고개를 끄덕였다.

"만져도 되지만, 장난은 치면 안 된다?"

그 말을 들은 아이들은 곰돌이와 곰순이에게 안겼다. 말을 잘 지켜서 곰들이 싫어하지는 않았다.

그렇게 잠시 아이들이 곰들과 놀고 있는데 마을 입구 주변이 소란스러워졌다. 그쪽을 보자 사람들이 이쪽으로 달려오고 있는 것이 보였다.

"촌장님! 큰일이에요!"

한 남성이 촌장의 집을 향해서 소리쳤다. 뒤에도 몇 명이 따라왔다.

"무슨 일인가, 그렇게 허둥대다니."

집 안에 있던 촌장과 사람들이 나왔다.

"타이거 울프가 나타났어요!"

"타이거 울프라고?!"

"브, 블랜더는 무사해요?!"

마리 씨가 촌장의 집에서 나와 남성에게 물었다.

"미안. 도중까지 같이 있었는데, 블랜더는 타이거 울프를 유인

하기 위해서 숲 속에 남았어."

남성은 작게 고개를 숙이곤 사과했다.

남성도 어깨에 활을 들고 있었다. 블랜더와 마찬가지로 사냥꾼인 걸까.

"그럴 수가……."

마리 씨가 주저앉았다.

혹시 위험한 상황인 건가?

"촌장님! 급히 남자들을 모아 입구를 막아주세요. 어쩌면 벽을 뛰어넘을지도 모르니 여자와 아이들은 집 안에 숨도록 지시해주세요."

그 말을 들은 촌장은 수긍하고 지시를 내렸다.

촌장의 집 앞에서 곰들과 놀고 있던 마을 아이들이 불안한 듯 곰들에게 안겨 있었다.

"곰 누나……."

"괜찮아. 하지만 위험할지도 모르니 다들 집으로 돌아가서 부모님 말씀 듣고 있으렴."

내 말에 아이들은 고개를 끄덕이곤 각자의 집으로 돌아갔다.

"모험가는 보지 못했나요?"

"사냥을 하고 있을 때 한 번 봤어. 하지만 그때는 타이거 울프에 대해선 몰랐기 때문에 그 장소에서 멀어졌지. 그래서 그 뒤론 어떻게 됐는지 몰라."

"촌장님! 그 모험가들은 타이거 울프를 쓰러뜨릴 수 있나요?"

"길드 카드를 보여줬는데 랭크 F의 신입이었어. 아무래도 무리일 거야. 오히려 그 모험가들도 걱정이야."

촌장은 난처한 듯 얼굴을 아래로 향하곤 생각에 잠겼다.

그리고 얼굴을 들어 나를 봤지만 아무런 말도 하지 않았다. 촌장은 모여 있는 마을 남자들에게로 시선을 돌렸다.

"서둘러 입구를 막게. 몇 명은 벽 주변을 감시하고!"

"블랜더와 모험가들은 어떻게 하죠?"

"도망쳐 오길 기다려야지. 섣불리 찾으러 갔다간 희생자가 나올 거야."

"그럴 수가……."

마리 씨는 촌장의 말에 불안감으로 말을 잇지 못했다. 마리 씨는 아들 유크를 세게 끌어안을 뿐이었다.

"유나 언니……."

피나가 걱정스럽게 나를 쳐다봤다.

"괜찮아."

나는 피나의 머리를 부드럽게 쓰다듬어주었다.

신입 모험가 3

"제가 다녀올게요."

"유나 씨!"

"제가 곰돌이들과 가서 얼른 블랜더 일행을 데리고 돌아올게요."

"위험해요, 타이거 울프는 누시와 달라요. 타이거 울프는 광폭하단 말입니다!"

촌장이 진심으로 걱정해주었다.

"그래. 누시는 우리가 해를 끼치지 않으면 밭을 어지르는 것 정도였지만, 타이거 울프는 사람을 해친다고."

"유나, 위험해."

진심으로 마을 사람들이 걱정해주었다.

"돈은 들지만 모험가 길드에 의뢰할 테니 안심해도 돼요."

그 모험가가 눈앞에 있는데?

"하지만 촌장님, 어쩌시려고요? 누가 마을까지 가죠? 이번엔 행상인이 오길 기다릴 순 없어요."

"게다가 서두르지 않으면—."

"그것보다 블랜더를 어떻게든 구하는 게 우선이잖아."

"몇 번이고 말하지만 블랜더를 구하러 갈 수는 없다. 블랜더가 마을로 돌아오길 빌 수밖에 없어."

촌장의 말에 분위기가 어두워졌다.

누구라도 타이거 울프와는 싸우고 싶지 않을 것이다. 겨루다간 죽임을 당할 거라는 것을 알고 있었다.

지금은 조용히 갈 수밖에 없는 건가.

나는 곰돌이에 올라탔다.

"유나 씨?"

촌장이 내 행동을 눈치챘다.

"잠깐 산책하러 다녀올게요."

설득하기 귀찮아서 그렇게 대답했다.

마리 씨와 눈이 마주쳤다.

"곰돌이랑 곰순이가 있으니까 산책 정도는 괜찮아요."

마리 씨를 안심시키기 위해 곰순이와 곰돌이의 존재를 어필했다.

"하지만……."

"산책하러 가는 것뿐이니까 그렇게 걱정할 필요 없어요."

"유나……."

마리 씨는 시선을 떨궈버렸다.

그 대신 촌장이 말을 건넸다.

"그, 유나 씨. 부탁드립니다."

촌장은 깊게 고개를 숙였다.

"뭘 부탁한다는 건지 모르겠네. 산책 가는 것뿐이라니까요."

"유나 씨……."

"그럼 잠깐 산책하러 다녀올게요. 피나는 미안하지만 기다려줘."

"유나 언니."

피나가 걱정스러운 듯 다가왔다.

"괜찮아. 전에도 쓰러뜨린 적 있으니까."

"네. 하지만 조심하세요."

나는 곰돌이에 올라타 달리기 시작했다. 그 옆을 곰순이가 나란히 달렸다.

탐지 스킬을 사용했다.

울프가 많았다.

블랜더 일행은 어디 있는 거지?

저긴가? 타이거 울프도 가까이 있네.

서둘러야겠어.

"곰돌아, 곰순아, 서두르자."

숲 속을 검은 곰과 하얀 곰이 내달렸다.

근처에 사람의 반응 다섯 개가 있었다.

신입 모험가들과 블랜더인가. 반응이 있다는 건 아직 살아 있다는 뜻이었다.

늦지 않은 모양이었다.

"호른, 달려!"

"시시! 그쪽으로 울프가 갔어!"

"타이거 울프는 어딨지?!"

"블랜더 씨! 위험해요!"

"너희들은 먼저 가!"

"하지만!"

"이 숲은 내 영역이야! 어떻게든 될 거야. 너희들이 있으면 오히려 방해된다고!"

사람들의 목소리가 들려왔다.

긴박한 상황인 것 같았다. 곰돌이가 속력을 높였다.

발견!

내가 보인다는 건 상대 쪽에서도 보인다는 이야기다.

"곰이다!"

소년이 곰돌이에게 검을 겨눴다.

"바보야, 잘 봐!"

"곰 님!"

나는 소년들을 덮치려고 하는 울프에게 얼음 화살을 날렸고, 화살은 소년들을 쫓고 있던 울프의 정수리에 꽂혔다.

나는 소년 소녀 근처에 있는 여러 마리의 울프들을 향해 얼음 화살을 날렸다. 얼음 화살은 모두 울프들에게 명중했다.

"대단해."

나는 신입 모험가를 덮치려 하던 울프들을 전부 쓰러뜨렸다.

신입 모험가를 보니 길드에서 만난 소년 소녀들이었다.

어제 내 머리를 툭툭 쳤던 소년의 파티였다.

하지만 지금은 그런 걸 신경 쓸 겨를이 없었다.

"곰순아! 여기를 부탁해!"

호위를 위해 곰순이를 남기고 블랜더가 있는 곳을 향해 달려갔다.

바로 블랜더를 발견할 수 있었다.

블랜더는 조금 높이 솟은 바위 위에서 활을 겨누고 있었다.

그 끝에는 타이거 울프가 있었다.

블랜더가 화살을 날려 타이거 울프를 위협했다.

대체 무슨 짓을 하고 있는 거야? 저 사람.

사람이 좋으면 빨리 죽는다더니 정말이었네. 그런 짓을 하면 오히려 습격을 받아 죽는다고.

블랜더가 화살을 날렸지만 타이거 울프는 화살을 피하고 블랜더를 향해 달려갔다. 블랜더는 몇 번이고 화살을 날렸지만 타이거 울프가 좌우로 피한 탓에 명중하지 못했다.

“곰돌아!”

곰돌이가 속력을 냈다. 그리고 거리를 단번에 좁혀 블랜더 씨를 덮치려던 타이거 울프에게 몸을 부딪쳤다.

타고 있던 내게 전해진 충격은 생각했던 것만큼은 아니었다.

곰돌이 덕분인가?

“아가씨!”

“블랜더, 오랜만이에요.”

곰 인형을 들어 인사를 했다.

“여긴 어떻게?”

“산책이요.”

나는 시선은 타이거 울프를 향하면서 대답했다. 곰돌이에 부딪쳐 날아간 타이거 울프는 천천히 몸을 일으켜 내 쪽을 봤다.

“아가씨! 도망쳐!”

도망치라고 해도, 목적인 타이거 울프를 눈앞에 두고 도망칠 수는 없었다.

너무나도 중요한 모피였다.

나는 곰돌이에서 내려와 타이거 울프와 대치했다.

“아가씨, 위험해.”

“위험한 건 어느 쪽일까요? 아이도 태어났으니 위험한 짓은 하면 안 되죠.”

나는 타이거 울프를 쳐다보며 블랜더를 꾸짖었다.

하지만 오래 이야기하진 못할 것 같았다.

타이거 울프는 이를 악물고 낮게 그르렁거리며 나를 노려보고 있었다.

만약 곰 장비가 없었다면 오줌을 지렸을 테지.

나는 바람 마법을 날리면서 타이거 울프에게 다가갔다.

타이거 울프는 보이지 않는 바람을 탐지하고 몸을 비틀어 피했다. 역시 울프와는 다르네.

하지만 도망치고 싶은 마음은 없었고, 상대도 그걸 용납하지 않았다. 나는 곰 신체 강화 마법을 걸어 타이거 울프가 있는 곳까지 거리를 좁힌 후, 타이거 울프의 옆구리에 곰 펀치를 날렸다.

타이거 울프는 도망치지도 못하고 지면을 미끄러지듯 넘어졌다.

어라, 너무 세게 쳤나?

하지만 타이거 울프는 다시 일어서려고 했다.

그때 한 개의 화살이 날아와 타이거 울프의 오른쪽 눈에 꽂혔다.

"블랜더?"

"도움은 필요 없겠지만, 화살을 날릴 수 있는 틈이 보여서."

타이거 울프는 눈에 화살이 꽂힌 채로 일어섰다. 그 몸에서 분노로 살기가 뿜어져 나오고 있었다.

"어쩌면 쓸데없는 짓을 한 건지도 모르겠네."

블랜더를 보니 활을 잡은 손이 떨리고 있었다.

살기가 느껴지지만, 떨 정도는 아니었다.

곰 장비 덕분인지 게임에 익숙해서인지, 강한 장비를 장착하고 있다는 안도감 때문인지는 모르지만 블랜더만큼 공포는 느껴지지 않았다.

"괜찮아요."

타이거 울프가 지면을 박찼다. 동시에 나도 지면을 박찼다.

베어 커터를 날렸지만 타이거 울프는 전부 피했다. 한쪽 눈이 감겨 있는데도 용케 피했다. 하지만 눈에 화살이 꽂혀 있었기 때문에 사각이 생겼다. 나는 사각지대로 돌아 들어가 압축한 물 폭탄을 날렸다.

물 폭탄이 전부 명중하여 타이거 울프가 비명을 지르며 쓰러졌다.

하지만 곧바로 일어서려고 하며 나를 위협하기 위해서인지 입을 크게 벌렸다. 나는 그 틈에 얼음 화살을 타이거 울프의 입 안으로 날렸다.

한쪽 눈으로 나를 노려보고 있나 싶더니 타이거 울프의 몸이 옆으로 쓰러졌다.

"해치웠나?"

타이거 울프는 일어서지 않았다.

"해치운 것 같네."

블랜더는 활을 잡고 있는 손에서 힘을 풀었다.

"아가씨, 덕분에 살았어. 고마워."

"아까도 말했지만 산책하고 있었던 것 뿐이니 신경 쓰지 않으셔도 돼요."

"목숨을 구해줬는데, 겸손하구나."

블랜더는 내 곰 후드 위로 머리를 쓰다듬었다.

그때, 뒤에서 풀숲을 가르는 소리가 들렸다.

"블랜더 씨, 괜찮으세요?"

신입 모험가들이 왔다.

"너희들, 내가 도망치라고 했을 텐데."

"죄송해요. 블랜더 씨가 걱정이 돼서요. 그리고 조금 전 일은 고맙습니다. 만약 블랜더 씨가 주의를 끌어주시지 않았다면 저희는……."

"신경 쓰지 마. 우연히 근처에 있었던 것뿐이니까. 이 숲은 너희보다 내가 잘 알고 있기도 하고."

"타이거 울프는 블랜더 씨가 쓰러뜨렸나요?"

신입 무리들이 타이거 울프의 눈에 꽂힌 화살을 보면서 물었다.

"아니, 타이거 울프는 아가씨가 쓰러뜨렸어. 나는 아가씨가 싸우고 있는 틈에 화살을 날린 것뿐이야."

신입 무리들이 나를 쳐다봤다.

"이 곰이?"

소년 중 한 명이 중얼거리자 옆에 있던 여자아이가 팔꿈치로 소년을 찌르는 모습이 보였다.

"아, 그게 아니라…… 아까는 감사했습니다."

"고맙습니다. 덕분에 살았어요."

순순히 머리를 숙이는 신입 네 명.

"그래서, 이 녀석은 어쩔 거지? 가지고 가고 싶은데."

죽은 타이거 울프를 보면서 블랜더가 물었다.

"제가 가지고 갈게요."

나는 타이거 울프에게 다가가 곰 박스에 넣었다.

"여전히 대단해. 그런데 아까부터 신경 쓰였는데, 저 하얀 곰은 뭐지?"

그러고 보니 블랜더도 곰순이는 처음 보는 구나.

마을로 돌아가자 남자들이 무기를 가지고 입구를 막고 있었다.

"블랜더! 무사했구나! 모험가분들도!"

"그래, 아가씨가 구해줬어."

"그렇군, 다행이야. 너는 이제 막 아기가 태어났으니 마리를 걱정시키지 마."

"미안."

"타이거 울프는 어떻게 됐지? 근처에 있나? 없으면 모험가 길드에 가기로 했는데."

"타이거 울프라면 아가씨가 쓰러뜨렸어."

"……뭐?"

남자들이 모두 같은 반응을 보였다.

"아가씨가 타이거 울프를 쓰러뜨렸으니 이제 안심해도 돼."

"정말이야?"

다들 블랜더의 말이 믿기지 않는 모양이었다.

"누시와 타이거 울프는 힘이 다르잖아."

"이런 일로 거짓말을 해서 어쩌겠어. 자세한 건 나중에 설명하지. 일단은 촌장님에게 보고하러 가야겠어."

남자들은 좌우로 나뉘어져 길을 만들어줬다.

나는 블랜더와 함께 촌장의 집으로 향했다. 그 뒤를 곰돌이, 곰순이가 따랐고, 마지막으로 신입 모험가들이 따라왔다.

"블랜더, 돌아왔구나?!"

촌장의 집에서 유크를 안은 마리 씨와 촌장이 나왔다. 마지막으로 피나가 나왔다.

"다친 곳은 없어?"

"괜찮아."

그 말에 마리 씨의 얼굴에 안도감이 퍼졌다.

"블랜더, 타이거 울프는 어떻게 됐나?!"

촌장이 물었다.

"아가씨가 쓰러뜨렸어요."

"정말인가?!"

말로 설명하기보다도 실물을 보여주는 편이 빠르다고 생각해서 곰 박스에서 타이거 울프를 꺼냈다.

촌장과 사람들은 믿을 수 없다는 듯 타이거 울프를 바라봤다.

죽은 타이거 울프를 보고 촌장은 고개를 숙였다.

"유나 씨, 고맙습니다. 블랜더를 구해주시고, 타이거 울프까지 쓰러뜨려 주시다니, 감사할 따름입니다. 보답으로 많지는 않지만 돈을 지불하겠습니다."

"저는 우연히 산책을 하고 있었을 뿐이에요. 그러다가 블랜더를 발견한 거고, 우연히 타이거 울프를 쓰러뜨린 거죠. 마을에서 돈을 받을 이유는 없어요."

"하지만……."

촌장은 뭔가 말을 하고 싶은 듯했지만 말이 나오지 않았다.

"게다가 아이가 갓 태어났는데 마리 씨를 미망인으로 만들 수는 없잖아요."

"유나……."

마리 씨는 눈물을 닦으면서 웃어 보였다.

그때, 마리 씨의 품 안에 있던 유크가 열심히 손을 뻗고 있는 모습이 보였다.

"유크?"

유크가 손을 뻗은 곳에는 타이거 울프의 시체가 있었다.

마리 씨가 유크를 안고 타이거 울프 앞에 무릎을 꿇고 앉자, 유크는 타이거 울프의 털을 잡았다.

"유크?"

마리 씨가 타이거 울프를 잡고 있는 유크의 손을 떼어 내려 하자 유크가 울기 시작했다.

마리 씨가 당황하며 유크의 손을 놓자 유크가 또다시 타이거 울프의 털을 잡았다.

아무래도 타이거 울프의 모피가 마음에 든 모양이었다.

"유나. 미안해. 바로 떼어 놓을게."

마리 씨가 억지로 유크의 손을 당겨서 떼어 놓자 유크는 대성통곡했다. 열심히 달랬지만 울음은 그치질 않았다.

타이거 울프의 모피가 엄청 마음에 든 모양이었다.

"마리 씨, 이 타이거 울프는 출산 축하 선물로 받아주세요."

"그럴 수가…… 안 돼, 받을 수 없어. 아이는 내가 잘 타이를게."

하지만 마리 씨의 품에 안긴 유크는 울음을 그치지 않았다.

"왜 그치질 않니?"

열심히 달래는 마리 씨를 보고 웃음이 나와 버렸다.

"후훗, 마리 씨. 받아주세요. 촌장님, 모피는 유크에게, 고기는 마을 사람들과 자유롭게 나눠가지세요."

"그래도 괜찮을까요?"

나는 그 말에 고개를 끄덕였다.

그 후, 타이거 울프는 피나의 손에 해체되었고, 마을 사람들은 피나의 손놀림에 놀랐다.

모피는 유크에게 선물하고, 고기는 마을에 선물하기로 했다.

피나의 해체 작업을 보고 있는데 신입 모험가들이 다가왔다.

"저기, 잠깐 괜찮으세요?"

"왜?"

"고마웠습니다."

고개를 숙이는 소년 소녀들.

"그때 와주시지 않았다면……."

"죽었을지도 모르지."

"그리고 모험가 길드에서는 실례되는 짓을 했습니다. 정말 죄송합니다."

"저기, 신 군을 용서해주세요. 결코 나쁜 의도가 있어서 그런 건 아니에요. 무섭고 흉폭하다고 들었는데 만나보니 귀여운 곰님이길래 속은 줄 알았어요."

"그렇게 강할 줄은 몰랐어요. 저희가 신입 모험가라서 속고 있는 줄로만 알았거든요. 혹시 소문대로 그러실 거라면 저에게만 해주세요. 다른 애들은 잘못없어요."

"하나만 물어도 될까? 모험가 길드에서 무슨 말을 들었니?"

"그게……."

모험가 길드에서 들었다는 이야기는 헬렌이 설명한 것과 같았다.

하지만, 다른 모험가들에게 들은 나에 관한 이야기는…….

크리모니아로 돌아가면 손을 써야지 안 되겠다.

"정말 돌아가시게요? 이미 늦었으니 자고 가세요."

"저 혼자라면 괜찮지만. 이 아이가 있어서요."

나는 그렇게 말하며 피나의 머리에 손을 올렸다.

"이 아이의 부모님에게 말을 안 하고 왔으니 걱정하실 거예요."

"그렇군요. 걱정하는 부모가 있다고 하니 붙잡을 순 없죠. 유나씨, 이번에도 고마웠습니다."

"또 산책하러 올게요."

"네. 기다릴게요. 피나 아가씨도 다음번엔 여유롭게 있다 가세요."

"네, 그때는 잘 부탁드려요."

피나는 미소와 함께 대답했다.

신입 모험가들은 울프를 좀 더 사냥하고 간다고 했다.

돌아갈 때에는 나는 곰순이를, 피나는 곰돌이를 타고 서둘러 크리모니아로 돌아갔다.

하지만 크리모니아에 도착했을 때는 이미 해가 저물어, 티루미나 씨에게 혼나고 말았다.

피나, 끌어들여서 미안해.

곰과의 우연한 만남, 원장 선생님 편

오늘도 먹을 것이 없다.

하루에 한 번, 채소 자투리가 들어간 스프를 만드는 것도 벅찼다.

삼 개월 정도 전에 보조금이 끊긴 이후로 아이들에게 제대로 된 음식을 먹이지 못하고 있었다.

어른인 내가 무언가 해줘야 했다.

나와 리즈가 먹을 것을 구하러 다녔지만 한계가 있었다.

매일 부탁했더니 다들 싫은 내색을 했다. 다른 곳에 가도 결코 반기지는 않았다. 하지만 아이들이 기다리고 있기에 부탁할 수밖에 없었다.

오늘은 아침부터 리즈가 먹을 것을 얻으러 갔지만 얼마나 얻을 수 있을지는 모를 일이었다.

나는 눈앞에 있는 어린 아이들을 달래주면서 앞으로의 일을 생각했지만 불안한 것은 어쩔 수 없었다.

다른 아이들은 밖으로 나가서 이곳에는 없었다. 아마도 중앙 광장에 갔을 것이다. 아이들은 중앙 광장에 있는 포장마차에서 남은 음식을 찾아다녔다.

그것을 나는 엄하게 주의를 줄 수가 없었다.

내가 음식을 준비할 수 있었다면 아이들이 그런 짓을 하지 않아도 됐을 것이기 때문이다.

하지만 준비할 수 없었다. 그러니 할 수 있는 말은 폐를 끼치지 말라는 정도였다.

하지만 이대로 가면 누군가가 죽거나, 아이들이 도둑질을 시작할지도 모른다.

만일 도둑질을 한다면 지금 먹을 걸 나눠 주고 있는 사람들마저 없어질 것이다. 그렇게 된다면 고아원은 끝이었다.

영주님에게 부탁하는 것도 고려해봤지만 혹시 반항적이라고 생각하시어 이 고아원을 내쫓기라도 한다면 아이들이 살 장소가 없어져버릴 것이다.

아무 일도 할 수 없었다.

머리를 감싸고 생각에 잠겨 있는데 밖이 소란스러웠다.

아이들이 돌아온 것 같았다. 하지만 평소보다 일렀다.

무슨 일 있었나?

불안함에 밖으로 나가 보니 아이들이 이상한 복장을 한 여자아이 곁에 모여 있었다.

곰?

그 곰 차림을 한 여자아이에게 말을 걸었다.

"어느 집 아가씨죠? 저는 이 고아원을 관리하는 원장 보우라고 합니다.”

“저는 모험가인 유나입니다. 이 아이들을 중앙 광장에서 봐서요.”

“중앙 광장…… 또 간 거니?”

알고 있었지만, 표면상으로는 주의를 주어야 했다.

아이들은 잘못했다 했지만 잘못한 건 나였다.

“아니다. 내가 너희를 못 먹이고 있는 게 문제니……. 설마 이 아이들이 당신에게 무슨 짓을 했나요?”

무슨 짓을 했다고 해도 사죄할 여력은 없었다. 이 정도로 넘어가 줬으면 좋겠는데…….

“아뇨. 이 아이들이 광장에서 배고파하는 것 같아서요.”

“죄송합니다. 창피하지만 먹을 게 없어서요.”

숨길 수 있는 일이 아니었기에 사실을 말했다.

원래는 어린아이에게 할 이야기는 아니었지만 이것저것 물어보기에 대답했다.

그러자 곰 차림을 한 유나 님은 울프 고기를 내주었다. 심지어 엄청난 양이었다. 게다가 빵에다 마실 것까지 있었다.

마음껏 먹어도 된다고 말씀하셨다.

솔직한 심정으로는 특별한 이유도 없이 받고 싶지 않았지만, 아이들이 먹을 것에서 눈을 떼지 못했다.

나는 고맙다 말하고 받기로 했다.

식사를 준비하자 아이들은 기쁘게 먹었다. 아이들의 미소를 본 것이 얼마 만인지…….

유나 님은 아이 중 한 명이 일어서자 고아원 안을 둘러보기 시작했다.

나는 유나 님이 준비해준 고기를 굽고 있었기 때문에 손을 뗄 수 없었다.

"너희들, 더 먹을 거니?"

고기는 아직 더 있었다. 아이들은 더 먹고 싶은 듯 고기를 바라봤다.

"선생님, 저는 괜찮아요."

"저도요."

하지만 다들 포크를 테이블에 내려놓았다.

"왜 그러니?"

"내일, 먹고 싶어요……."

그렇지. 오늘은 이렇게 배불리 먹을 수 있었어도 내일도 먹을 수 있다는 보장은 없었다.

"알았어. 유나 님께 부탁해서 이건 내일 먹어도 되냐고 여쭤볼게."

나는 유나 님을 찾으러 갔다.

유나 씨를 발견하니 마법으로 무너진 벽과 구멍 뚫린 벽을 보수하고 있었다.

"뭘 하고 계시는 거죠?"

보면 알지만 묻지 않을 수 없었다.

"벽을 복구하고 있어요. 이대로는 틈새로 바람이 들어와 추울 거 아니에요."

확실히 그렇긴 하지만……. 유나 님은 방을 둘러보며 벽을 수리해 나갔다. 그리고 아이들의 침실로 들어가더니 침대에 있는 작은 수건을 봤다. 따뜻한 이불 따윈 없었다.

그때 유나 님이 손에 끼고 있던 곰에서 따뜻해 보이는 울프의 모피를 꺼내 건네주었다.

"유나 님?"

"아이들에게 전해주세요. 침대에 있는 수건 한 장으로는 춥잖아요. 원장 선생님 몫과 여분의 이불도 있어요."

말문이 막혔다.

왜 이렇게까지 해주시는 걸까?

유나 님의 행동을 이해하지 못하고 고기에 대해 물어보는 것도 잊은 채 식당으로 돌아왔다.

유나 님이 여분의 고기를 먹지 않은 것을 알곤 물어봤다.

"네. 유나 님이 허락해주신다면 내일 먹으려고요. 아이들도 오늘 먹기보다 내일 먹고 싶다고 했거든요."

"아, 죄송해요. 말하는 걸 잊었네요. 며칠분의 고기를 준비해 둘 테니까 먹어도 돼요."

유나 님은 그렇게 말하며 새로운 고기와 빵을 꺼냈다.

"저기. 왜 이렇게까지 해주시는 거죠?"

묻지 않을 수 없었기에 물어보았다.

"어른이 돼서 못 먹는 건 일을 하지 않는 그 사람 탓이에요. 하지만 아이들이 못 먹는 건 아이들이 아니라 어른들 탓이에요. 부모가 없으면 주변 어른들이 도와줘야 해요. 그래서 저는 아이들을 위해 힘쓰고 계시는 원장 선생님의 편이에요."

눈물이 나올 것 같았다.

모험가라 한들 이렇게 어린 여자아이가 할 말은 아니라고 생각했다. 유나 님의 말에서 온기를 느꼈다.

아이들은 배부를 때까지 고기를 먹었다.

유나 님은 그 모습을 보면서 먹을 것을 추가했다.

고맙다는 말밖에 나오지 않았다.

잠시 동안 고아원을 보고 있던 유나 님은 돌아가려는 듯했다.

아이들은 슬퍼하며 유나 님에게 다가갔다.

"애들아, 유나 님이 난처해하시잖니. 고맙다고 해야지."

"곰 언니, 고맙습니다."

아이들은 감사 인사를 했다.

유나 님이 방문한 지 사흘 후, 아침.

유나 님에게 받은 재료로 아침 식사를 했다. 양이 많아 아침부터 먹을 수 있었다. 아이들도 기쁘게 먹었다. 다음번에 유나 님이 오시면 한 번 더 감사 인사를 해야겠다.

처음엔 이상한 옷차림을 한 여자아이라고 생각했는데, 사람을 겉모습으로 판단해서는 안 된다.

아이들에게도 확실하게 가르칠 것이다.

아이들은 아침 식사를 마치고 밖으로 나갔다. 하지만 바로 돌아왔다.

"원장 선생님!"

그리고 당황해하며 내 쪽으로 왔다.

"그렇게 허둥지둥 무슨 일이니?"

"밖에 이상한 벽이!"

무슨 말인지 알 수가 없었다.

밖에 뭐가 있다는 거지?

아이들은 내 손을 끌며 밖으로 데려갔다.

그곳에 있던 것은 커다란 벽이었다.

분명 어제는 없었다. 있었다면 아이들이 지금처럼 소란을 피웠을 것이다.

리즈에게도 물어봤지만 고개를 가로저을 뿐이었다.

일단 위험할 가능성이 있다고는 해도 우리에겐 어쩔 도리가 없었다.

아이들에게는 가까이 다가가지 않도록 주의를 하고, 나는 고아원 안으로 돌아왔다.

저 벽은 도대체 뭐지? 하룻밤 사이에 생기다니 믿을 수 없었다.

아이들에게 위험하지만 않으면 좋을 텐데…….

벽에 대해 생각하고 있는데 문이 열리고 아이들과 곰? 아니, 유나 님이 들어왔다.

일단 벽에 대해서는 보류하기로 하고, 인사를 나누고 리즈를 소개했다.

"오늘은 어떤 용건으로 오셨나요?"

내가 묻자, 아이들에게 일을 시키고 싶다는 게 아닌가.

혹시 아이들에게 위험한 일을 시킬 생각일지도 몰랐다.

"걱정하지 않으셔도 돼요. 위험한 일은 아니거든요."

"어떤 일이죠?"

유나 님에게 신세를 졌다고는 하나, 확실하게 해 둬야만 했다. 아이들은 내가 지킬 것이다.

고아원 옆에 벽을 만든 건 유나 님이었고, 저 벽 안에서 새를 키울 거라고 했다.

일의 내용은 아이들도 할 수 있는 알 모으기와 청소, 새를 돌보는 일이라고 설명했다. 이야기를 들은 바로는 위험한 일은 아닐 것 같았다.

아무래도 모은 알을 팔아 돈을 벌 셈인 것 같았다. 그것만으로 돈을 벌 수 있다고 했다.

나는 같이 이야기를 듣고 있던 아이들에게 물었다.

"너희는 어떻게 할래? 유나 님이 일거리를 주신다는데. 일을 하면 밥을 먹을 수 있게 될 거야. 일을 안 하면 며칠 전 상태로 돌아갈 거고. 참고로 유나 님이 먹을 걸 가져다주시는 일은 이제 없을 거야."

아이들에게 물었다.

억지로 시켜서는 안 된다. 스스로 정해야 했다. 그래서 아이들의 대답을 기다렸다.

아이들은 서로의 얼굴을 바라봤다. 그리고는 다 같이 고개를 끄덕였다.

"할게요."

"하게 해주세요."

"저도 할래요."

"저도요."

"저도요."

아이들이 힘차게 대답했다.

그 말을 들으니 기뻤다.

"유나 님. 이 아이들을 부탁할게요."

나는 고개를 숙였다.

유나 님은 리즈와 아이들을 데리고 벽 쪽으로 갔다. 리즈가 있다면 아이들도 괜찮겠지.

그 후, 티루미나 씨라는 여성을 소개해주시며 상업 길드와 중개 역할을 맡을 거라고 했다.

아이들의 말로는 자상한 분이라고 한다.

새의 마릿수도 눈 깜짝할 사이에 늘어나 아이들이 놀랐다.

고아원에서 어린 아이들을 돌보고 있는데 티루미나 씨가 찾아왔다.

"원장 선생님."

"네, 무슨 일이시죠?"

"유나에게 냉장창고가 있다고 들었는데, 어디에 있나요?"

"냉장창고 말인가요?"

유나 님이 며칠 전 냉장창고를 만들어 주셨다.

아이들도 많으니 큰 냉장창고가 필요하지 않겠냐며 말이다.

하지만 지금은 유나 님에게 받은 울프 고기 정도밖에 들어 있지 않았다.

“이제 곧 식자재를 운반하는 사람이 올 건데, 오면 안내해주실 수 있나요?”

“식자재를요?”

“아이들도 많고, 리즈 씨도 일 때문에 자리를 비워서 장 보러 가기가 힘들잖아요. 그래서 최소한으로 필요한 재료들은 운반해 받을 수 있게 해 놨어요.”

“감사합니다.”

겨우 의미를 이해했다. 음식들이 급여 대신이라는 것을.

“따로 필요한 게 있다면 말씀해 주세요. 비싼 게 아니라면 괜찮아요. 물론 필요한 것이라면 비싸도 상관없고요. 하지만 그때는 유나에게 상담 좀 해볼게요.”

“저기. 왜 유나 님은 이렇게까지 해주시는 거죠?”

나는 줄곧 신경 쓰였던 것을 물었다. 티루미나 씨라면 알고 있을지도 몰랐다.

“유나니까, 그런 거 아닐까요?”

“유나 님이기 때문에?”

“그 아이는 이상한 아이라 무슨 생각을 하는지는 모르지만 착한 아이예요. 우리 딸 피나도 잘 따르고요. 고아원에 누를 끼치지는 않을 거예요. 그러니 안심하셔도 돼요."

"그렇군요."

"앗, 하지만 갑자기 말도 안 되는 말을 하기도 하니까 조심하세요."

티루미나 씨는 웃으면서 주의를 주었다.

귀여운 곰 차림을 한 여자아이.

갑자기 찾아와서 먹을 것을 주고, 아이들에게 일도 주고, 급여도 제대로 주는 귀여운 곰 차림의 여자아이.

우리의 환경을 단번에 바꿔준 이상한 곰 차림을 한 여자아이.

아이들이 웃고 있다. 고아원 안에 웃음이 퍼지는 것 같았다.

잠자리도 따뜻했다. 틈새로 바람이 들지 않았다. 추워서 잠들지 못하는 일도 없어졌다.

이렇게 만들어 준 것이 곰 차림을 한 여자아이라는 사실은 변하지 않는다.

그러니 앞으로도 유나 님을 믿을 것이다.

■작가 후기

오랜만입니다. 『소설가가 되자』의 독자님들은 하루만이겠네요. 1권에 이어 2권도 사주셔서 감사합니다. 여러분 덕분에 무사히 2권을 발행할 수 있었습니다.

주인공 유나는 곰 인형 옷을 벗으면 평범한 여자아이 이하가 되기 때문에 여전히 곰 인형 옷차림으로 지내고 있습니다.

처음엔 유나의 옷차림을 비웃던 자들도 유나의 힘을 깨닫기 시작하면서 태도가 변했습니다. 유나의 소문은 모험가 길드에서 시작해서 상업 길드로 퍼지고, 이윽고 영주의 귀에도 들어가게 되었습니다. 서서히 크리모니아 마을에 곰 인형 옷이 침투하기 시작한 권이 되겠습니다. 인형 옷이라는 개념이 없는 세계의 사람이 인형 옷을 본다면 어떻게 보일까요?

이 책의 이야기를 쓴 것은 지금으로부터 1년 정도 전입니다. 그 무렵에는 아무 생각 없이 그 당시의 기세로 썼습니다. 당시의 설정을 떠올려보면 지금은 이전과 여러 가지가 많이 바뀌었습니다.

머릿속 소설에서는 곰 하우스는 세우지 않고 서둘러 왕도로 갈 예정이었습니다. 그래서 처음 글을 썼을 때에는 피나가 이렇게 중요한 캐릭터가 될 것이라고는 생각하지 않았습니다. 초기의 피나 역할은 이세계를 설명해주는 캐릭터였습니다. 마을에 대해서, 모험가 길드에 대해서, 이 세계를 살아가기 위해 지식을 주는 존재였죠. 그런 피나가 지금은 이 작품에서 필수 불가결의 인물이 되었습니다.

크리모니아에 남게 되면서 노아와 클리프, 고아원 아이들을 만났습니다. 앞으로도 이 마을을 중심으로 이야기가 전개될 거라고 생각합니다.

이번에 읽으신 분들은 눈치채셨을 거라고 생각하는데, 2권에서는 스탯 화면 등의 내용 표시가 없어졌습니다. 파라미터 같은 게 필요성이 없었고, 매번 같은 스킬과 마법을 표시하는 것이 불필요하다고 느껴졌기 때문입니다.

그런 이유로 유나가 손에 넣은 스킬과 마법 등은 첫 페이지에 기재했습니다. 확인하면서 읽어주시면 감사하겠습니다.

029님, 1권에 이어 귀여운 유나와 피나 등의 인물들을 그려주셔서 감사합니다. 이번에는 유나의 흰 곰 모습 일러스트를 부탁했는데 흔쾌히 그려주셨습니다. 흰 곰 모습의 유나가 너무 귀엽습니다.

마지막으로 작품을 발매하면서 신세를 진 모든 분들께 감사드립니다.

오탈자 등으로 신세를 진 교정자님, 담당 편집자님, 출판사 여러분, 감사합니다.

2015년 11월 길일 쿠마나노

■역자 후기

여러분, 안녕하세요~.

『곰 곰 곰 베어 2권』으로 돌아온 번역가 김보라입니다.

이번에도 재밌게 읽으셨나요? 저는 이번 권에서 피나의 어머니가 병이 다 낫고 겐츠 아저씨와 아이들과 함께 새롭게 시작하는 모습이 나와 기분이 좋았습니다. 어린 피나가 고생하는 모습이 항상 마음에 걸렸거든요. 이번에도 유나 양 덕분에 피나가 웃음을 되찾을 수 있게 되어서 다행입니다.

그리고 유나 양, 이 꼬마 아가씨의 능력이 날로 성장하는 모습을 지켜보는 것 또한 이 『곰 곰 곰 베어』 시리즈의 묘미죠! 능력을 실생활에 접목시키는 것도 재밌었고 커다란 마물에 맞서서 능력을 발휘해 싸우는 것도 재밌네요. 어느 누가 방구석 폐인을 감히 저평가를 할까요. 푸딩도 만들고 드라이어도 만들고, 게다가 고아원 아이들을 위해 애쓰는 모습에 저는 이미 유나 양의 팬이랍니다!! 완전 언니예요, 언니! 언니라 부를래요! 나이 따위 저보다 열 살 이상 어려도 상관없습니다! 멋있으면 다 언니고 오빠예요!(단호)

앞으론 왕도로 떠나게 된 유나 언니(←이봐;)와 일행에 어떤 일들이 펼쳐질지 궁금하네요! 여러분들도 같이 확인해 보아요~.

이것으로 역자 후기를 줄이겠습니다.

항상 제게 좋은 기회를 주시는 L노벨 편집부에 대단히 감사드립니다. 앞으로도 실망시키지 않는 번역가가 되겠습니다. 『곰 곰 곰 베어 2권』을 읽어주신 모든 분들과 제 옆에서 물심양면으로 지지해주시는 모든 분들께 감사드립니다. 3권에서 만나요!

2016년 좋은 날

역자 김보라 올림

곰 곰 곰 베어 2

1판 1쇄 발행 2017년 2월 10일
1판 5쇄 발행 2020년 9월 2일

지은이_ Kumanano.
일러스트_ 029
옮긴이_ 김보라

발행인_ 신현호
편집부장_ 윤영천
편집진행_ 김기준 · 김승신 · 원현선 · 권세라 · 유재슬
편집디자인_ 양우연
국제업무_ 정아라 · 전은지
관리 · 영업_ 김민원 · 조은결 · 조인희

펴낸곳_ (주)디앤씨미디어
등록_ 2002년 4월 25일 제20-260호
주소_ 서울시 구로구 디지털로 26길 111 JnK디지털타워 503호
전화_ 02-333-2513(대표)
팩시밀리_ 02-333-2514
이메일_ lnovelpiya@naver.com
L노벨 공식 카페_ http://cafe.naver.com/lnovel11

ISBN 979-11-278-4027-3 04840
ISBN 979-11-278-3067-0 (세트)

값 8,800원

*잘못된 책은 구매처에 문의하십시오.